尤
今
小
语

尤今小语

［新加坡］尤今 著

倾听**呼吸**的声音

回首岁月
种一株快乐的树

深圳出版社

图书在版编目（CIP）数据

倾听呼吸的声音：回首岁月，种一株快乐的树 /（新加坡）尤今著. -- 深圳：深圳出版社，2014.6（2023.6重印）

（尤今小语系列）

ISBN 978-7-5507-0985-0

Ⅰ. ①倾… Ⅱ. ①尤… Ⅲ. ①散文集－新加坡－现代 Ⅳ. ①I339.65

中国国家版本馆CIP数据核字（2023）第058633号

图字：19-2020-059号

本书中文简体字版由尤今授权深圳出版社有限责任公司在中国内地出版发行。该出版权受法律保护，未经书面同意，任何机构与个人不得以任何形式进行复制、转载。

倾听呼吸的声音：回首岁月，种一株快乐的树
QINGTING HUXI DE SHENGYIN: HUISHOU SUIYUE, ZHONG YI ZHU KUAILE DE SHU

出 品 人	聂雄前
责任编辑	许全军　林凌珠
责任校对	钟愉琼
责任技编	梁立新
装帧设计	知行格致

出版发行	深圳出版社
地　　址	深圳市彩田南路海天综合大厦（518033）
网　　址	www.htph.com.cn
订购电话	0755-83460239（邮购、团购）
设计制作	深圳市知行格致文化传播有限公司
印　　刷	深圳市汇亿丰印刷科技有限公司
开　　本	889mm×1194mm　1/32
印　　张	8
字　　数	165千字
版　　次	2014年6月第1版
印　　次	2023年6月第3次
定　　价	32.00元

版权所有，侵权必究。凡有印装质量问题，我社负责调换
法律顾问：苑景会律师 502039234@qq.com

自序

在那懵懂无知的童年里，父母亲很努力也很刻意地让我们相信世间确实是有圣诞老人的。

是的，努力而刻意。

我们喜欢那个穿得花团锦簇而胖得一塌糊涂的白须老人，因为每年圣诞节他总会悄悄地在我们的床头挂一只鼓鼓囊囊的袋子，把无限的惊喜镶嵌在我们发光发亮的眸子里。然后，眸子含笑却又装成置身事外的父母，会陪着我们一起拆礼物，一起惊叹一起欢喜。

父母亲也执意让我们相信月宫里住着孤独美丽的嫦娥和寂寞可爱的小白兔。每年阴历八月十五，当我们在朦朦胧胧的月色里津津有味地品尝着月饼和菱角的同时，也余味无穷地咀嚼着那一则脍炙人口的古老传说。

我们当然也相信过农历新年时"噼噼啪啪"地燃放爆竹，是为了赶走那只名字唤作"年"的怪兽；我们在过年期间拼命逼自己吃平时不爱沾唇的鱼肉，只因为我们相信吃了鱼才能"年年有余"，而压岁钱也才会一年比一年丰厚。

我们相信有雨神、雷神和风神。在母亲口中，雨神是土地的保姆，每每土地渴了，雨神便以各种方式调制饮料给它喝——土地微渴，雨神便调配"淅沥小雨"；土地大渴，雨神就炮制"倾盆大雨"。土地不是无情物，它饮饱喝足后，吐气如兰，吐出来的气，化成了朵朵千娇百媚的花儿。雷神呢，嗓子喑哑，偏偏不自量力，喜欢引吭高歌，老是"轰隆轰隆"地发出支离破碎而又荒腔走板的歌声。风神最棒，拿着一把神奇的扇子，为人间扇风。有时溽热无风，是因为风神远游他乡；有时狂风大作，是因为它在得意忘形地练力。

虫蚁蛙蛾等，也被拟人化了。夜里虫鸣蛙叫，母亲的解释是：它们熙熙攘攘地在开舞会。蚂蚁麇集，母亲说它们在群策群力地储备粮食。飞蛾扑火，母亲说它们勤勤勉勉地借灯读书。至于蜘蛛织网，那是因为天气寒冷，它要给它的妈妈织一件大大的毛衣。

生活里，处处有故事，日日有奇趣。

母亲为我们的想象力装上了一对翅膀，让我们任意翱翔。

生活对于我们来说，不是复印似的刻板、不是录音似的单调。我们在各种各样杜撰的小故事里成长，每天一睁开眼，心里便有了憧憬、期盼、向往，因为在屋里屋外，在或许阴暗或许明亮的角落里，有着无数的惊喜在静静地等待着、伫候着；等待我们去发现，伫候我们去发掘。

发生于童年的许多往事，就像是渗入岁月的水滴一样，时间一久，便蒸发掉了，痕迹不留。唯独这些趣味横溢而又将我们的童年装点得灿然生光的小故事，像加入了酵母的葡萄，时间一久，便酿成了记忆库里的一坛美酒，愈久愈醇。

实际上，这些以糖霜为外衣的小故事，每一则都是别有用心而又意味深长地包裹着"教育"这馅料的。

圣诞老人明白"施比受有福"、风神深谙"助人为快乐之本"、飞蛾爱读书、蜘蛛懂孝道、蚂蚁知道"众人拾柴火焰高"。雷神不知藏拙，是反面教材；虫和蛙在狂欢时制造了远传万里的噪音，也是负面形象。至于嫦娥，偷吃灵药而致永远饱受孤寂的煎熬，纯粹是咎由自取。

母亲从来不曾板着脸孔说教，但是，我们却从她许许多多顺手拈来的小故事中，得到了潜移默化的影响。

成长、成家之后，我亦源源不绝地以说之不尽的大故事小故事来为我的孩子铸造快乐的童年。

把苦口的黄连包裹在适口的糖霜里，不但是一种别具一格的教育方法，同时也是一种行之有效的写作方式。

如今，双亲都已撒手尘寰了。可是，当我津津有味地对孩子复述着双亲曾给我说过的那一则则趣味横溢的故事时，我却仿佛听到了双亲深具活力的呼吸声。

在家的园圃里，孩子是苗，苗的生长姿态往往取决于泥土的肥沃与否。双亲留给了我一大袋以"快乐"为名的"肥料"，在我家园圃里长成的树，每一片树叶，都闪着快乐的釉彩。

把书名定为《倾听呼吸的声音——回首岁月，种一株快乐的树》，蕴藏了我对双亲终生不泯的感激与怀念。

衷心感谢海天出版社，为我在中国推出"尤今小语"一套四部反映我人生哲学的小品文。这四部作品是：《走路的云——用脚步丈量世界》《把自己放进汤里——欢喜的豆花，抑郁的茄子》《倾听呼吸的声音——回首岁月，种一株快乐的树》《清风徐来——在门外挂串风铃，叮叮咚咚》。

一直相信，文字是最好的桥梁，它能让一颗颗陌生的心灵靠拢；而《尤今小语》，就是美丽坚实的精神桥梁。

谢谢深圳海天出版社的许全军先生和新加坡玲子传媒私人有限公司的林得楠先生，他们以最大的诚意，全力促成了《尤今小语》在中国的面世。

2014 年 1 月 1 日

目录

上篇 · 回首 岁月

同林鸟	2
生病的月亮	4
怀里的扑满	5
做回自己	7
牛年忆母	9
煎药	12
镜子	14
金牙签	15
新衣	16
鸡	17
回家过年	18
瓦钵与高压锅	20
逃	22
诀别	23
又是中秋	25
	27
亲爱的老屋	29
后园的璀璨	31
筛子	34
碗	35
雨伞	37
三层床	39
对抗	41
眼神	43
幸福	44
愚忠	46
岁月这筛子	48
呼吸的声音	50
最后的愿望	53
仙人掌和咚咚人	55
奶油上的康乃馨	58
历史的脚印	61

风筝高高飞	86
「四目」哲学	83
柚子情	80
等待	78
焚鱼成灰	76
灯塔请莫哭泣	74
干戈变玉帛	72
热水瓶	70
手	68
上路的方式	66
笑丧	64

下篇·种一株快乐的树

球	90
养分	91
牙医	93
音符	95
图画	96
性格穷	97
盲点	98
金子	99
揠苗助长	100
快乐笛声	102
发光体	104
和气球说再见	106
孝而不顺	108
有花堪折直须折	110
心理灵药	112
无中生有	114

模子与镜子	116
力量	118
种一株快乐的树	120
人生的跑道	122
真相	125
原谅	128
篮球	131
我家老二	134
亲爱的青蛙	137
『放』是一门学问	140
让他跌下去吧！	142
『老子贤孙』新版	144
两个爸爸	147
无形的『虐待』	149
石	151
种子与土地	153

辫子里的笑声泪影	155
三封信	157
无悔的苍凉	159
跌倒	161
满溢的茶	164
圣诞老人	166
妈妈的鼻子好长好长	168
绊脚线	170
行孝之道	172
聆听	175
爱的教育	178
肢体语言	180
防压堤	183
祸根	186
勇敢的鱼	189
水痘与痱子	192

愧疚	195
成长	198
冰冻柠檬茶	201
唯一的选择	204
蛋卷冰淇淋	207
妈妈，放下手机吧！	210
辐射	213
电话留言	216
洗一洗妈妈的手	219
自如岁月	222
教师是水	225
魔鬼和天使	228
灯	231
精神的伊甸园	234
精神的故乡	236

上篇

回首岁月

HUI
SHOU
SUI
YUE

同林鸟

母亲因病入院。年逾八十的父亲双脚乏力，时常摔跤，为了安全起见，我们到医院去探访母亲之前，特地嘱咐父亲在家休息，不要来回奔波。父亲垂头不语，灯光照射在他斑白的头发上，那一圈一圈银色的亮泽，迟缓沉重地浮在半空中。

手术过后的母亲虚弱万分地躺在床上，意识半朦胧半清醒，有一搭没一搭地说着一些无甚意义的话，亲人围在床边，轻声细语地回应着，一切宛若罩在梦境中。就在这时，我听到了拐杖落地的声音，"哆、哆、哆"；"哆、哆、哆"，一声一声，清晰而稳重，半点儿也不含糊，由远而近，由近而更近，然后，静止了；接着，半掩的门被推开了，挂着拐杖的父亲，以对抗日军般顽强的意志，慢慢慢慢地走了进来，尽管步履蹒跚，可是，每一步伐，都庄严地充满了不容亵渎的尊严；只是，只是，圆圆大大的脸庞上，不自觉地黏着一丝因为违背孩子意愿而心虚的笑意。他把拐杖搁在椅子旁边，清了清喉咙，说："我坐计程车来的，嘿嘿，方便得很。"那神情，有几分不听话而被当场逮着的尴尬，与此同时，却又有几分企图得逞的得意。

母亲没有说话，我们也装得若无其事，有人开始剥橙来吃，水果清香的味儿在病房里静静地氤氲着。

少顷，父亲上厕所。旋踵间，众人听到父亲的喊叫声连同重物落地的声音一起从厕所里传出来，大家一拥而入，只见父亲跌趴在地，脸色发青。众人惊骇得七手八脚地将他扶起来，让他坐在椅子上，过了好一阵子，他的气色才缓和过来。脸色一恢复，便又露出了顽童般的笑脸，说："幸好没有摔到脊椎骨，真是幸运！"

这时，护士进房来，给母亲量体温、打针、服药，母亲忽然大声说道："好好看住你们的父亲，不要再让他摔跤了。"一整晚，就这两句话，说得最清晰。父亲连忙应道："不会，不会再摔跤啦！"

一周后，母亲出院。和她聊起这事，她竟不复记忆。她说："手术过后，麻醉药性还未消退，迷迷糊糊的，什么都不知道，什么都没印象。"

在"什么都不知道，什么都没印象"的情况下，我亲爱的母亲，却在潜意识里知道父亲"违规"来看她、知道父亲摔了跤，所以，殷殷地发出了关心的嘱咐。那种一生一世相濡以沫的感情，在彼此遇上麻烦事时，发挥得淋漓尽致。

"夫妻本是同林鸟，大难来时各自飞"——那些飞走的，其实是同宿一林而互不关心的怨鸟哪！

生病的月亮

未谙事物原理之前便自作聪明地另寻捷径，自讨苦吃而已！

到娘家吃饭，母亲捧出了一碗蒸蛋，一看，狂喜，啊，真是美。黄灿灿、金闪闪，宛若一轮明月心甘情愿地落在圆圆的大碗里，服服帖帖、安安逸逸。在这饱饱满满、晃晃荡荡的"圆月"里，裹着一颗"五彩缤纷"的心——咸蛋妩媚的艳红、皮蛋高贵的漆黑、鸡蛋华丽的金黄，交错成一种璀璨的诱惑。一吃，哇哇哇，那种滑到极致的口感，使人初尝怔忡、再尝恍惚、三尝神魂颠倒。如果丝绸极品也能吃，吃起来大约便是同样的感觉了。

回家后，如法炮制。没有想到做出来的竟是"东施效颦"的劣等产品！一掀开盖子，我便惨叫连连：碗里的蒸蛋，好似受战火蹂躏的大地，坑坑洼洼、凹凸不平，连女儿也出言批评："妈妈，这月亮生病了哟！"这个病态的月亮，孔洞极多，十分粗糙。如果麻布也能吃，便是这个滋味了！

再次求询母亲，这才发现：错误出在那一碗与蛋液相掺的水！当时，母亲告诉我，这水，必须是煮过的冷开水，我心想：用自来水不是一样吗，何必大费周章地去煮它而又再麻麻烦烦地等它冷却！没有想到，这竟是蒸蛋的大秘诀！唉，棋差一着，全盘皆输！

未谙事物原理之前便自作聪明地另寻捷径，自讨苦吃而已！

怀里的扑满

生活，总通过各种各样的方式给予我们教诲，智者善于把生活的疙瘩转化成智慧的钻石，惠人利己；愚者却会把疙瘩变化为体内传染性的细菌，坑人害己。

1961年，河水山发生大火灾，嚣张至极的火势，几乎把灰黑的天空也吞噬了。

朋友那年七岁，随同家人仓皇出逃。他是家中长子，母亲把一只装满积蓄的巨型大扑满交给他，嘱他好好保管。他紧紧抱着那只猪型扑满，犹如抱着一只金铸的小猪，慌慌张张地随着如水的人潮跌跌撞撞地走，走着、走着，突然有一名陌生的汉子靠近他，善意地提醒："这么大只扑满抱着满街走，太危险了呀！财不可露眼哪！"说着，取出一床被单，叫他把那只巨型扑满好好地包起来。他满心感激，蹲在地上，笨手笨脚地包，那名汉子热心地说："来，让我帮你吧！"快手快脚地代他包好了，交还给他，还慎重地嘱咐着说，"小心啊，别弄丢了！"他抱着扑满，宛若抱着人间的一团温暖，赶到母亲所指定的地方，坐在包得厚厚实实的扑满上面，安安心心地等。少顷，母亲提着大包小包的细软赶到，一见到他，便问："扑满呢？"他站了起来，指了指坐着的那个包裹。母亲打开来看，包裹里面，是一个装满废物的箱子，扑满呢，早已化成一缕空气，消失得无影无踪了！

对于当时家境贫困的他们来说，这是一笔不小的积蓄，现在居然莫名其妙地被陌生人骗走了，可以说是个不算小的打击，然而，母亲并没有严词苛责，更没有施以体罚，只默默地叹气，自认倒霉。

这件事，是他人生一个很大的转捩点。

母亲的宽容，给了他潜移默化的影响，形成了他日后包容他人错误的如海胸襟，然而，陌生人的奸诈狡猾却也让他在心中装置了一个永久性的警钟。以后，在长长的一生里，"谅解"和"警觉"，便成了他待人处世的座右铭。凭着坚定不移的原则，他宽恕那些无意犯错而诚心改过的人，然而，对于那些心存歹念的人，他却毫不手软地给予迎头痛击。

在人生的道路上，不论任何人，都会在不同的时期碰上一条或多条阴阴地觊觎着的毒蛇，这些无恶不作的蛇，往往会乘人不备时，以含有毒液的利齿，咬人、伤人、害人。

有些人被咬了以后，受伤之余，狂怒，把蛇毒吸入体内，化为己用，在其他的日子里，不分青红皂白地咬噬无辜。

有些人中招之后，杯弓蛇影，从此戴着有色眼镜看人，成了"怀疑主义"者，不计其数的"杨修再世"就这样不明不白地在他手上惨惨地栽跟头。

然而，也有些人，在被咬之后，痛定思痛，发展出应付危机与困难的智慧，他们掌握了避蛇的方式，学会了打蛇的方法。他们不怕蛇，最重要的是，他们自己永远也不会变成蛇。

生活，总通过各种各样的方式给予我们教诲，智者善于把生活的疙瘩转化成智慧的钻石，惠人利己；愚者却会把疙瘩变化为体内传染性的细菌，坑人害己。

做回自己

创造性的教育,应该容许不同的个体保持自己的特性,发挥自己的潜能,让每一个发出来的声音,都成为一阕独特的曲子。

记得清清楚楚,当时,我是这样对母亲说的:

"论智力,她绝对不比老二差;论性格,她远逊老二。老二做事,有条不紊的;她呢,总是临渴掘井。老二性节俭,她好挥霍;老二细心体贴,她粗枝大叶。"

只把这些话当作漫不经心的闲谈,可是,我万万想不到,坐在一旁看电视的女儿,居然把每一句话都听进耳里,气在心里。我一迈出父母的居所,她便在电梯里抽抽噎噎地哭得上气不接下气:

"妈妈,为什么您老爱拿我和哥哥比?他是他,我是我;就算我有再多的缺点,我还是愿意做回我自己!"

她的泪、她的话,好似辣椒狠狠地抹过我的心,有一种火烫般的痛。过去,在自己的成长岁月里,也曾有过类似的痛苦经验,为什么时过境迁,便忘得一干二净?为什么呵!

我数学特差,求学时代曾碰上一位脾气火爆的老师,老爱将我和班上其他数学特好的同学相比,每当他发问而我答不出时,他便以一双比兀鹰更凶比刀刃更锐的眼睛狠狠地瞪住我,说:"为什么崇德、丽华都会,你却不会?"几乎每一节都罚我站,午夜梦回,想起他那一双兀鹫般的眼睛,往往惊出一身冷汗。从此,把数学当毒药、咒语、利箭,怕它、恨它、避它；恶性循环，差上加差，致使这位老师一看到我，便以尖利的语言分泌出好似眼镜蛇一般的毒液："你真笨！"笨笨的我，每次被他罚站时，便神游物外地构思小说的情节，正因为心里有个璀璨的世界，我的自信才不至于被他彻底摧残。有趣的是：多年之后，我在一个书展上碰见他，以半开玩笑的口吻问他："老师！您还记得以前老爱骂我笨吗？"这位当年让人丧胆的老师，居然拍了拍自己的脑勺子，说："我该死！"

实际上，不论是家庭教育抑或是学校教育，首要大忌，便是将不同的个体互作比较，以制作"罐装品种"的方式要求划一的发展。

台湾漫画家蔡志忠说得好："人不会怪石头太硬，冰太冷，盐太咸，水太烫。因为它们的硬、冷、咸、烫只是真实的自己，不需要因为别人而改变。"他又说，"鱼在水里悠游，鸟在天空翱翔，石头独坐大地哪里也不走。谁也不需跟谁学习，谁也不需向谁看齐。"

是是是，言之有理。**创造性的教育，应该容许不同的个体保持自己的特性，发挥自己的潜能，让每一个发出来的声音，都成为一阕独特的曲子。**

牛年忆母

妈妈坚毅。

生活对我们一家子而言,不是一条铺满玫瑰花的馥郁大道,不是的。我们曾经历过极端贫穷的日子,在怡保住过茅屋和板屋、在新加坡住过大杂院。茅屋坐落于小河畔,邋遢的河水黑得像夜,长年浮满垃圾;每逢下雨,龌里龌龊的河水总会落井下石地涌进屋里,连四壁都被熏臭了。木屋呢,简陋不堪,每回风起,凌厉的风势便会化成支支乱箭,从木板的缝隙"嗖嗖嗖"地射进来,薄薄的四壁摇摇欲坠,仿佛随时会坍塌成一片废墟;那种恐惧,是童年的隐疾,风起便发作。至于大杂院,是名副其实的"杂",一层楼住了八户人家,厨房和厕所都是共用的;流言蜚语多得像灰尘,吵嘴打架犹如家常便饭。

居住环境这么恶劣,母亲的字典里却没有"投诉"和"埋怨"这两个词,每天每天,她总是让父亲怀着一份干净的心情出门去当"生活的战士";而当父亲披着星光回家时,桌上总有母亲为他刻意留着的饭菜。那时,用的是很厚很重的那种碗,绘着一只神气活现的小公鸡,肉啊菜啊蛋啊压在碗底,上面是结结实实的大米饭,是母亲蹲在小小的炭炉前不断地扇着风煮出来的。

我常常想,究竟是什么因素使生于富贵之家的母亲在婚后甘于过如此困窘的生活呢?除了"爱",没有第二个解释。话又说回来,纵是心甘情愿,可是,如果性格里没有一份如牛般的坚韧,恐怕还是无法承担生活里这一份难以承载的重量的!

妈妈倔强。

母亲娘家富裕,但是,有着像牛一样执拗脾气的母亲,尽管婚后好些年宛如缺水的鱼儿般一直挣扎于贫穷的大网内,她却坚决地、坚定地严拒来自娘家的接济。她"不肯轻易屈服"的这种性格特点,早在求学时代便显露出来了。有个小故事,是外祖母津津乐道的。母亲初上中学那一年,学校来了个坏脾气的老师,常常不分青红皂白地斥骂学生,在那个"师尊至上"的时代,大家都敢怒不敢言,每回上课,人人都成了噤若寒蝉的缩头乌龟。有一回,当老师又凶神恶煞地对着某个学生骂个没完没了时,母亲霍地站了起来,义正词严地说道:"您以为整天骂人就很神气吗?我母亲比您厉害,可她却不像您一样胡乱骂人!"消息不胫而走,母亲的"英勇行径"也名闻全校,而"我母亲比您厉害"这句话,也成了母亲的"经典名言"!

妈妈勤劳。

干净,是家里的寻常风景;书籍,是家里的芳香剂。任劳任怨的母亲,常常让我想起"勤耕春土,迎来金秋"的牛。大小家务,一手包办;事无巨细,亲力亲为。她分秒必争,忙完家务,便一头栽进文字的世界里,把书籍当作她歇息的"精神驿站"。

母亲有着取用不竭的精力,一方面是她体魄健壮如牛,另一方面,也源于她对生活的热忱。犁田播种之后,憧憬着秋天丰收的喜悦;秋收过后,又怀着春耕的期盼——牛永远不累,不就是因为心里有梦吗?

妈妈乐观。

豁达的人把塌下来的天当被盖,母亲呢,把每天盖在身上的被子当作是天赐恩物。心里长怀感谢,即使"屋漏偏逢连夜雨",她依然相信"天无绝人之路"。她从不钻"牛角尖"以自讨苦吃,她的口头禅是:"水来土掩,兵来将挡,怕什么呢?"

妈妈肖牛。

牛的性格特点诸如:坚韧、倔强、勤劳、乐观等等,全都体现在母亲身上,可见"生肖学"是有一定根据的啊!

大水管

屋子的水管严重阻塞了。

冲凉时,滞留的水在地板上泛滥成灾;如厕时,马桶里冲不去的秽物形成熏天臭气;洗碗时,水槽里"节节上涨"的污水可恶地泛着邋遢的油光。

这一天,是公共假期,水喉匠休假,我们有"四面楚歌"的感觉。

洗澡、如厕、炊煮,这些日日进行的"例常公事",通通都变得全无可能。最为麻烦而又最为尴尬的是:我们必须进出邻家以解决"三急"问题,弄得大家连水都不敢多喝。

生活大乱,整间屋子乌烟瘴气。

次日,水喉匠从水管内清理出成篓盈筐淤积多时大大小小的废物,这些东西,究竟在什么时候、在什么情况被冲下水管的,我完全不知道。

藏身在屋子底下的大水管,看不到、触不着,可是,它却是我们"幸福的源泉"。当它任劳任怨地为我们提供生活上各种便利时,我们却没把它放在眼里,随意把那些根本无法消化的东西丢进它的肠胃,致使它"肠胃受损"而"全面瘫痪"。

这一次"失而复得"的经历,使我们学会了珍惜。

在许多家庭里,母亲的处境,和大水管并无两样。儿女把母亲无微不至的照顾当作是理所当然的,母亲做牛做马,至老至死。

不同的是:水管坏了,可以复修;母亲去了,永不复返。

煎药

> 实际上,母亲煎的,不是苦药,而是一种以爱铸成的药汤,这种"独家药汤",恒远是世间的万灵药。

喉咙和声带受不明病毒侵袭,屡医不愈,接受劝告,改服中药。

根据药方,到药铺去抓药,三十多种源远流长的药草,互补长短地聚集一处。注水入瓦钵,慢火煎熬。一缕一缕幽幽的药香,宛若一只一只温柔的手,从瓦钵里伸出来,抚触病者焦虑的心情。然而,独自煎药的感觉,十分无奈。瓦钵圆而肥,身子瘦而长,双影交叠处,无限惆怅在心头。浓药熬成,苦极涩极,屏息而灌,五脏和情绪,都是黑漆漆的。

一日,熬药时,一位上海姑娘到访。药香缠绕间,她忽然说起往年心事:离开上海之后,每有病痛,总会想起母亲在小小的炭炉上煎药的情景。长长一小时,坐在矮矮的木凳上,挨在热热的炭炉旁,不休不歇地扇动火势。炭火在母亲徐徐的扇动下,一明一暗,像是一对一对闪烁生光的眸子,而一缕一缕的药香啊,便是母亲温柔的眼波,那种记忆,刻骨铭心。如今,远走他乡,病痛来袭,只能以成药来解决。成药当然有快速的疗效,但是,药里少了那份温情和爱心,迅速复原的身体里,总怏怏地裹着一颗干瘪皱缩的心。

实际上,母亲煎的,不是苦药,而是一种以爱铸成的药汤,这种"独家药汤",恒远是世间的万灵药。

镜子

父母的晚年，就像是一面明亮的镜子，清楚而完整地照出了我们自己未来的岁月。

举家偕同父母外出用餐，点了酱烧鲥鱼。热气蒸腾的鲥鱼端上来时，香气绕鼻，大家都迫不及待地举箸品尝。就在这时，餐桌上突然同时响起了两个声音，说的，是一模一样的话："妈妈，小心鱼刺！"说这话的，是我，还有，我亲爱的女儿。我这话是对着我妈妈说的，而我女儿这话，却是对着我说的。大家同时愣了愣之后，爆出满桌欢愉的笑声。妈妈爱吃鱼，但是，在吃鱼的同时，又常常喜欢与一桌大小闲聊，我和姐姐都很担心母亲为鱼骨所鲠，所以，每每鱼一上桌，我们便自然而然地提醒母亲："小心鱼刺！"女儿耳濡目染，便也对我同样地生出关切之情，因此，鲥鱼一上桌，便出言提醒。当"小心鱼刺"那一句话通过两代人的口响起于饭桌上时，一种贯穿于三代之间的温暖亲情、一种代代相传源远流长的孝道精神、一种东方家庭相濡以沫的天伦之乐，也圆圆满满、充充实实、温温馨馨地展现了出来。

言教不如身教，诚然。**父母的晚年，就像是一面明亮的镜子，清楚而完整地照出了我们自己未来的岁月。**

金牙签

那时，初婚，随外子回返怡保的婆家小住。餐后，以牙签剔牙，牙签质地不好，连断几根。

婆母抬眼望见，温和地说："你来。"随她入房，她以钥匙开橱，取出一样东西，放进我掌心里，说："给你。"

低头一看，满掌都是闪烁的金光。是一件制作得异常精细的金器，长方形，粗细一如尾指，雕了雅致的图案，金器尾端有个细若绿豆的小圈圈。左看右看，都不知道这东西用途何在。

婆母以多皱而不苍老的手指灵活地拉了拉那个玲珑的小圈圈，四根细细瘦瘦的金质牙签霎时便掉了出来。

婆婆微笑地说："这牙签，用力去拗，也难以折断呢！"

我这初入门的媳妇，平白无故得着这一份贴心而又温馨的礼物，一时竟讷讷地说不出话来。

多年以来，一直珍藏着它，不曾动用。

实际上，婆母本身，就是一根金质牙签。她以爱铸成的那一份亲情，用力去拗，也不会折断。

若干年后，当我亲爱的儿子寻着他的另一半，我将会把这套意义深长的金质牙签送给我的媳妇，使美丽的亲情能像接力棒一样，一代传一代，生生不息。

新衣

婆母八十八岁诞辰，子孙从新马各地舟车劳顿地赶回怡保向她祝寿。当天，她穿了一袭湖蓝色的绸质衫裤，大朵大朵肥硕的白花，欢欢喜喜地开满一身，好似一池绚丽的白荷。澄清鲜丽的湖蓝色，把满脸皱纹的婆母映照得精神奕奕。众人赞她好看，她腼腆地扯扯衣角、拉拉衣袖，频频说道："太艳了，太艳了！"

婆母出身农户，衣着保守。年轻时，穿浅灰、浅蓝，碎花小图案；不很年轻时，转为深灰、深蓝，暗花细条纹，像一幢黑沉沉的建筑物。然而，这座外表看似陈旧老朽的建筑，内部却是亮晶晶而又暖乎乎的，无事登门者如坐春风、有事相求者如逢甘霖。

年届八十八，目力不济，不再自缝衣裳。大姑代劳，专挑亮色，专选大花，布料呢，买上等丝绸，布质柔似清泉而滑如凝脂。此刻，穿了新衣的婆母坐在满堂子孙当中，整个人亮晃晃的，煞是美丽。

我静静地看着外表和内里全都是晶光灿烂的婆母，微笑；她的目光与我不期而遇，柔和的眸子，霎时也涌出了大量的笑意……

鸡

人类忙着扑灭处处滋生的鸡瘟时，却不知道自己是始作俑者。

鸡常常让我联想起快乐。

童年时代，曾经有过家徒四壁的日子。只有在喜庆佳节里，才能在简陋的饭桌上与梦寐以求的鸡相见。那炸得金黄脆亮的鸡，正正地摆在桌子中央，既有"灿然生光"的瑰丽，又有"君临天下"的气势，馋嘴的孩子，圆睁"久旱逢甘霖"的眼睛，欢喜得难以自抑。嫩滑的鸡肉与唇齿缠绵的那种丰富味觉，令人忍不住赞叹："天啊！"鸡的味道，掺和了家人"有福同享"的温馨，铸造了隽永难忘的印象。成长、成家以后，"开创"了多种烹调鸡肉的方式，便是童年美好记忆的延续。

鸡，时时让我联想到爱。

婆母生前爱养鸡。每年到了八九月，她便会买回两打毛茸茸的雏鸡，费尽心思去饲养。除了定时喂食外，还不时将它们由笼里放出来，让它们在庭院里活动筋骨，心血来潮时，还会"吱吱咯咯"地和它们"鸡言鸡语"一番。根据婆母的看法，鸡和人是一样的，它们喜欢受到注意，也很享受被宠爱的感觉。在爱的滋润下，它们长得又快又壮，又大又好。农历新年一到，婆母散居于新马各地的孩子纷纷回家过年，这时，快乐的婆母便会在厨房里大展身手，白斩鸡、蚝油鸡、鲍鱼鸡、姜炒鸡、酒蒸鸡，天天轮番上阵。肥鸡吃亮了孩子的脸、吃圆了孙子的肚，婆母连眸子都流满了笑意。新年过后，暂时回巢休息的鸟儿又散飞四处了。婆母站在空荡荡的鸡笼前，一颗心空落落的，眼神也是。我想，婆母养鸡，大约是以此计算儿孙的归期吧？雏鸡长成肥鸡时，儿孙的归期也有着落了。

鸡，在人们的日常生活里扮演着举足轻重的角色，然而，在中国的熟语里，它却饱受虐待。

它集百丑于一身。

瞧瞧瞧："鸡肠兔子胆""鸡蛋碰不过石头""鸡飞蛋打一场空""拿着鸡毛当令箭""鸡窝里飞不出凤凰""鸡子里头算出四两骨""鸡皮鼓能经几敲""鸡来讨债鸭来愁""鸡抱鸭子干忙活""鸡儿吃了过年粮"等。在这一长串熟语当中，究竟有哪一句是褒义的？没有，半句也无。

再来看看俗语，情况也好不到哪儿去。

"鸡零狗碎""鸡毛蒜皮""鸡犬升天""鸡鸣狗盗""鸡犬不宁""鸡皮鹤发"等，通通都是贬义用词；连因惊恐而在皮肤上形成的小颗粒，也被说成是"鸡皮疙瘩"；而"鸡眼"指的居然是脚掌或脚趾上角质层增生而形成的小硬块！

最糟的是：单纯无辜的鸡，竟然莫名其妙地被牵扯进人类的性活动里——妓女被泛称为"鸡"，男人与男人之间发生性行为，被说成是"鸡奸"！

鸡，长期在语言里被压抑、被欺负、被污染，终于，生气了。

人类忙着扑灭处处滋生的鸡瘟时，却不知道自己是始作俑者。

回家过年

当车子进入了那个被层层山峦包围着的美丽城市时,不知怎的,我胸腔里的那颗心,突然变成了一个很轻很轻的钟摆,东荡荡、西摆摆,虚浮浮、飘忽忽,很不扎实。

具体心情,难以形容——不是兴奋,也不是悲伤;既无期盼,也谈不上失落。没有回家过年的雀跃,却有着重返故乡的怡然。

行行重行行,终于,到了,到家了。

车子驶进了宽敞的庭院里,举目浏览,这儿,曾经嫣红姹紫而今花凋枝残,曾经子结满树而今盛况不再。昔日倚门伫候、笑盼儿归的婆母,如今已换成了面无表情、公事公办的外籍女佣。

从各地马不停蹄地赶回怡保来团聚的,约有二十口人。多年以来,新年的炊事都是由精于厨艺而又热爱烹饪的婆母一手包办的,现在,对着冰箱满满地堆着的鸡鸭鱼肉,外籍女佣一脸束手无策的茫然。

啊,家里近二十口人"嗷嗷待哺",谁来主炊呢?

小姑"勇敢"地挺身而出,说:"我来。"

身为家中幺女的小姑,一向是婆母的掌上明珠,负笈新西兰而回国后,成了身居高位的女强人,素来把厨房当禁地;现在,听到她毛遂自荐,大家都难以置信地瞪着她看。

只见她不慌不忙地从裤袋里拿出了好几张

方形的白纸，炫耀似的在我们面前晃了晃，说："瞧，这是我新年前几天恶补的辉煌成果呢！"好家伙，居然有备而来！我凑过头去看，纸上一板一眼地记录着多道菜肴的用料和烹饪方法，这些佳肴包括：津白元蹄、神仙鸡、酸梅鸭、泰式辣鱼、香炒双菇、凉拌鲍鱼、蒜泥大虾，等等。

她得意扬扬地说："嘿，我是真人不露相哪，你们等着瞧！"

我们当然没有"等着瞧"，反而一窝蜂地拥进了厨房去帮忙。

小姑有条不紊，指挥若定，俨然把厨房看成是她的办公室。人人按照指示，各就各位，各司其职——切肉、切菜、洗鱼、剥虾、舂料、配酱，等等，忙得人仰马翻而又乐不可支；最令人欣慰的是：原本对炊事漠不关心而奉"君子远庖厨"为金科玉律的侄儿侄女，竟也自动自发地拥来帮忙，七手八脚地递盘取碗、洗杯洗碟，整间生气勃勃的厨房，流满了男女老幼和谐共处的融洽气氛，体现了长幼两代同舟共济的精神。在这个大家庭里，"有福同享、有难同当"是一个坚不可摧的信念。

此刻，在暮色四合的黄昏里，我一面快乐地清洗着怡保特有的肥大豆芽，一面默默地想道：在天上安息的婆母，当会含笑凝视眼前这一幅题名为《天伦乐》的不朽画作吧！

瓦钵与高压锅

> 爱情如果像「瓦钵」，感情慢慢慢慢地熏陶出来，两人彼此相知、相恋、相惜，关系和谐、圆融、完满；反之，像高压锅，快快快快地草草促成，相恋不相知，结合而不相惜，结果呢，两个人，永远像水和油一样，泾渭分明，小难一来，便劳燕分飞。

迷恋高压锅的神奇效能，常用、勤用。婆母来我家小住，一日上街，携回一只阔口圆肚的瓦钵。我如见出土文物，捧腹而笑。婆母二话不说，便动手熬煮她拿手的梅菜猪肉。高压锅只需要半个时辰，瓦钵却得用上足足四个小时。婆母在固执地用着瓦钵的同时，也顽强地护卫着古老的传统。我庆幸自己的"与时俱进"，却又谅解婆婆的"怀旧心态"，所以，由始到终，并无别置一喙。然而，火候足时，钵盖一掀，我差一点昏厥在地。那团浓香，足以致命。盛出来的梅菜猪肉，不是煮出来的，而是以一寸一寸的光阴慢慢慢慢地熏出来的。甘醇的梅菜绵软而不糜烂、丰腴的猪肉可口而不滞腻；最令人恋恋难忘的是：在慢火"熏陶"之下，肉与菜因长期肌肤之亲而变得你侬我侬，明明吃的是菜，却尝出满口肉味；夹那肉来吃时，偏偏又满蕴菜味。我中有你而你中有我，境界至高、至美。

爱情如果像"瓦钵"，感情慢慢慢慢地熏陶出来，两人彼此相知、相恋、相惜，关系和谐、圆融、完满；反之，像高压锅，快快快快地草草促成，相恋不相知，结合而不相惜，结果呢，两个人，永远像水和油一样，泾渭分明，小难一来，便劳燕分飞。

逃

从来没有过年，以如斯沉重的心情迎接农历新年。

新年前一周，大姑和大伯，先后都在长途电话里忧心忡忡地说：

"情况很坏，寸步难行。瘫在床上，吃不下、睡不着。昨天剧痛摧心，痛哭失声。"

哭？婆母哭？

听着听着，那种痛，流进了我的心里，很尖，很锐，深深，长长。啊，这个流泪的人，原是铁打钢铸，风吹不倒、雨打不坏的呀！

请了医生回来打针，勉强止了痛之后，便冷静地向长子交代后事；可是，转念一想，年关在即，所有的儿孙将从新加坡和马来西亚各地风尘仆仆地赶回去和她一起欢庆新年，年届八十九的她，又毅然起了和死神奋战之心。

小姑以一种难以置信的语调说道：

"弱得连翻身之力也没有，然而，除夕的前两天，我赫然看到她挣扎着从床上爬起来，抓着桌沿，绕着桌子，一寸一寸地、颤巍巍地走，就好像蹒跚学走的小孩一样，走得跌跌撞撞，却又走得满心欢喜。嘿，我简直看傻了眼哪！"

让小姑看傻了眼的，还不止这一桩事。

恢复了行走的能力后，她喝了一碗粥，居然提出了一个令众人"大跌眼镜"的要求：

"我要去电头发。"

静静乖乖地在电发院坐上三个小时，把原本凌乱不堪的头发电成了起伏有致的波浪形，她高高兴兴地回家了。

除夕那天，当我们一家子赶了四百多里路而扑入家门时，婆母精神奕奕地伫立于大门处，背脊挺得直直的，手上神气地挂着裹以蛇皮的拐杖，新烫的头发惬意地闪着银亮的光泽，新裁的唐式衫裤贴切合身，整个人看起来既时髦又漂亮。

"嗳，煮了竹蔗马蹄水给你们喝呢！"她说，声音洪亮而又清晰。

忽然想起了佛经中那个引人深思的小故事。

有一师父和弟子，在深山中看到一只狐狸正追着一只兔子。小和尚对师父说："我猜，兔子一定会被逮着。"师父肯定地说："狐狸绝对追不上兔子，因为狐狸追的只不过是一顿饭，可是，那兔子逃的，却是一条命啊！"

婆母也是一样的，为了摆脱死神的追捕，她发挥出惊人的力量，最后终于得以逃出生天。逃，其实不是为了自己，而是为了让家里大大小小每一个爱她以及她所爱的人快乐。

诀别

2001年8月11日清晨六时许，狰狞的电话凄厉地响了起来，电话筒里，传来了大姑如被油灼伤般焦愁伤痛的声音："妈妈恐怕不行了，你们赶快回来吧！"想到四百多里外的那个至亲至爱的人正气若游丝而身体逐渐僵冷，恐慌就像是一条阴毒地吐着猩红蛇信的蛇冷冷地逼向了我们。车子疯也似的在高速公路上飞驰，四个轮子，转得那么、那么地快，好像根本碰不到路面。

下午两点五十分抵达山城怡保，我敬爱而又挚爱的婆母，却在半个时辰前溘然长逝。

平平地躺在床上，灰白的头发一如既往地梳得整整齐齐，原本朴实无华的耳叶此刻一反常态地戴着金光闪烁的耳环，身上的绸质寿衣是她很早便已未雨绸缪地为自己缝好的，恬静的蓝色，像是一汪看尽人间百态而波澜始终不起的湖水。最奇的是她的脸，硬瘦而不衰败、多纹而不皱缩，且还漾着微微的笑意，神情安详得宛如在酣眠。

坐在床边看她，在婆婆的泪眼里，前尘旧事，一桩一桩，尽上心头。她一向、一直宠我，有求必应，呵护备至。每回她从怡保到新加坡来小住时，总会"无中生有"地做东做西，烹调我爱吃的食物，缝制我喜欢的百家被，把平凡的生活装点得灿然生光。詹有时打趣，说我是她掌心里的一颗珠。我呢，常爱说些鸡毛蒜皮的小笑话，把她逗得开怀大笑，那无羁而又洪亮的笑声，听起来就像是大颗小颗的槟榔大里大气地落在瓦片屋顶上。我和詹亦曾在不同的年份里带她到澳大利亚、新西兰、中国香港和美国等地旅行，有一年更携她回返海南岛探亲，让她在乡下和亲人来个快乐无比的大团圆。在这种互宠的和谐里，我们曾经共同度过许许多多个闪烁如金、圆满如珠的日子。此刻，我悲伤，但是，心中无憾。我照顾她，让她快乐，不是因为我必须恪尽为人媳妇的孝道，仅仅、仅仅只因为我爱她，爱她呵！

由于婆母年过八旬而又是在极度安宁的情况下离开的，大家也都能以超乎一般情况的冷静心态来接受。坦白说，在家里办丧事那几天，我并没有那种悲恸欲绝、摧心的痛苦，只是心里很深很深的那个地方，好似被刮伤了，总是有着一缕一缕清清楚楚地浮着的痛楚。

出殡那一天，灵柩被抬上了车子，我跟着车子走，然而，才走了两步，很突然很突然地，有一种深不可测的痛，好像闪电一样，狠狠毒毒地击向了我，我脚步踉跄，痛不可当，啊，到了这一刻，我才忽然明白了，这段路一走完，我便和我深爱的婆母阴阳两隔地诀别了！啊，世间，原来还有一样东西即使是倾尽全力也挽不回的！眼泪，止不住地狂流。

树欲静而风不止，子欲养而亲不在。

尽孝、宠人，都得及时，都得及时啊！

又是中秋

每年,一听到中秋的跫音,便忙着打点行李回怡保,因为婆母的生日正好是在阴历八月中旬。非常喜欢那种驱车奔向喜庆的感觉。从四方八面赶回来的儿孙,把快乐汇成了一串串的笑声,屋前屋后挂着,把屋子装点得喜气洋洋。平时衣着朴实的婆母,在一年一度的寿宴上,总郑重其事地穿上绸质新衣,耳配镶金耳环,手戴翡翠玉镯,坐在宴席上,美丽得十分庄严。

寿宴过后,设想周全的婆母,便兴致勃勃地到处搜购各类中秋礼品,好让儿媳带回远方的家去享用。

山城怡保的中秋,节日的气氛,十分浓郁。满天满地的柚子,将层层相叠的山峦染成了娇艳欲滴的翠绿色;满街满巷的月饼,飘出了让人魂魄出窍的浓烈香味;触目皆是的菱角,弯弯地勾着两串掩抑不住而流泻出来的笑意;无处不在的小芋头,刻意提醒了我们嫦娥奔月的古老神话。

爱陪婆母去买柚子。柚子"良莠不齐",偏婆母具有"取菁去芜"的特异功能,只见她眯着双眼,全神贯注,观其色、看其形,之后,捧在手里,团团地转一圈,掂其重量,满意了,便放置一旁。选选选、选选选,选出来的柚子,小丘般高。一回到家,她便取出早已准备好的长木板,以砖头将木板垫高,再把柚子一个一个小心翼翼地放置到木板上面，理由是：柚子一旦沾上地底的湿气，品质便大受影响。令人难以置信的是：每个经她筛选过的柚子，全都皮薄肉丰、汁液特多、甜入心坎。

　　柚子买够了，便去买月饼。有家饼铺，位于菜市，店面古老陈旧，但却能烘出超级水平的白莲蓉月饼，供不应求，必须及早订购。婆母每每在我们尚未启程回返怡保之前，便拨长途电话问我："今年，你要几盒？"我屈着手指算，满心快乐。要求她买八盒，她往往给我订足十盒，还不忘给我父亲订他特爱的五仁月饼。

　　离开怡保时，车厢里，满满的全是怡保的中秋特产。朋友吃到清甜绝顶的柚子而大赞特赞时，我便得意地说："我婆母选的。"朋友尝到美味绝顶的月饼而赞不绝口时，我便自豪地说："我婆母买的。"

　　这几天，突然发现新加坡处处涌现了绿绿的柚子，有些还特地标榜着"怡保柚子"。啊，又是中秋。心里想："怎么婆母还没有拨电话给我呢？"再一想，眼泪，就在猖獗的阳光下，汹汹地涌入了眼眶。这电话，是再也接不到了。极度的思念，好似落在宣纸上的墨汁，从心底迅速泛了上来。当思念蒙上了死亡的阴影时，那种永难再见的悲怆，遂化成了一种深入骨髓、无可化解的痛。

售，抑或是留？

正是喜气洋洋的春节，屋子外面，邻宅贺年的欢声笑语不绝于耳；屋子里面，林家几兄弟姐妹神色罕见地凝重。他们团团地围坐于婆母生前惯坐的那张大圆桌旁，慎重地召开一项"史无前例"的家庭会议。

讨论的，正是婆母去世后亟待解决却又最为棘手的问题——老屋的去留。

说是老屋，其实一点也不老。20世纪70年代中期，公公手头攒积了足够的钱，决定实现他一生中最大的梦想——买块地皮，根据自己的构想和理想，建一幢拥有多个房间的独立式洋楼，洋楼前方，有个可踢足球的大花园，这样一来，当他的孩子日后逐一成婚而开枝散叶时，大宅依然有足够的空间可以容纳所有的孩子和孙子。

大宅建成不久，让人怅恨不已的是：公公因心脏病猝发而撒手尘寰。然而，他的明智与远见却使他的后代在这间宽敞至极的屋子里度过了一段又一段美好至极的岁月。孩子一一成家，孙子接踵出世，尽管平日散居于新加坡和马来西亚各处，可是，每年春节、清明节和婆母生日时，男女老幼，都怀着似箭归心，"嗖、嗖、嗖"地飞返老屋，在那种刻不容缓的急切里，裹着一种发光发亮的快乐。

有一段时期，婆母代我照顾处于襁褓期的

稚儿，我也成了回返老屋最多的家庭成员。婆母具有神奇的绿手指，栽花么，花娇艳；种果么，果丰实；满园的姹紫嫣红，让人以为误闯童话王国；而从另一层意义来看，这也的确是一个让人钦羡的"童话王国"，只要一迈入大门，便有食之不尽的美味佳肴、取之不竭的温暖亲情。笑脸，长年长日是"室内装饰"的一部分；而笑声，是响彻老屋内外的天籁。

把这样一所满满地充斥着美丽记忆的老屋卖掉？单是想想，便心如刀割。

家庭会议一开始，大家便诧异地发现，在这问题上，大家的立场居然是一样的：不卖，不卖！

有人问："留着它，谁来看守呢？"

有人答："长期雇个女佣啦！"

下了决定之后，我仿佛看到慈眉善目的婆母，一如往昔般，坐在摇椅上，频频朝我们点头、微笑。

啊，风吹柳花满店香哪！

后园的璀璨

婆母有十根能够"点石成金"的绿手指，怡保的老家便被她转化为一个璀璨的大果园。红毛丹、芒果、番荔枝、甘蔗、木瓜，轮流在枝头上展现妩媚的笑靥；果实大熟之际，果子鲜丽的色泽便会化为众人心里一道道绚丽的彩虹。

有了自己的屋子后，我便"东施效颦"地在屋子后面的空地上开辟一个小小的果园。

种了香蕉、木瓜、芒果、姜、辣椒、斑斓叶。

我爱喝茶，每天的茶渣便成了果树最好的营养；而淘米的水，就是果树的维生素。我因此踌躇满志地自我标榜，我种的是不施化肥的有机果树。

果树和人一样，也是有个性、有知觉、有感情的。

原以为姜和辣椒是属于粗犷型的植物，不太需要特别的照顾，因此，我的茶渣和米水总不往那儿洒，它们于是以枯萎凋谢作为无声的抗议。

我悒悒地在它们无疾而终的地方改种了一棵酸柑树。

从此，不敢掉以轻心，勤于照顾。

有了美丽的期盼和神秘的憧憬，日子也就有了极耐咀嚼的好滋味。

在这群"有机植物"当中，性子最为随和

的，是斑斓叶。在极短的时间内，便蓬蓬勃勃地长满一地，兴兴旺旺的绿影满园活泼地晃动。我用它烹煮糖水、烘焙蛋糕，有时也以它为米饭增添香气。含蓄自重的斑斓叶总是以若隐若现的香气来衬托主食，绝不喧宾夺主。它的谦和内敛使它那清逸脱俗的香气变得更为隽永难忘。不可思议的是，斑斓叶诱人的清香，居然是蟑螂的克星！每隔几周，我便将剪下的斑斓叶一小束一小束地扎好，分别放入壁橱里，幽香氤氲而蟑螂绝迹，一石二鸟。

知恩图报的，是酸柑树。纤细秀美的白花，宛若白蝴蝶在丛丛绿叶间翩翩飞舞。花期过后，又圆又大的酸柑便迫不及待地在枝头现形了，翠绿的皮儿薄薄的，仿佛轻轻一碰，饱含的汁液便会娇滴滴地流溢出来。酸柑树是以疯般的姿势结出果子的，惊人的多。遗憾的是，酸柑不耐久留，一经采摘，几周过后，便糜软腐烂了。聪慧的邻居，教我一个绝妙的贮存方式：将挤出的酸柑汁分别盛在塑胶小盒里，置于冰格，凝结成冰，即使放上几年也不成问题。真是"三人行，必有我师"呵！

大器晚成的，是木瓜树。娉娉婷婷地长得高高瘦瘦，然而，望穿秋水却不见果实出现。有人劝我砍掉它，我硬是不从。一日，听到雷声隆隆，不经意地抬头，哎哟，竟然欢喜地看到几个玲玲珑珑的小木瓜得意万分地挂在树梢！这树，不鸣则已，一鸣惊人，自此以后，生生不息，果实累累。

最为乖巧的，是香蕉树。顺顺畅畅地成长，又温温良良地结出一束一束滑滑甜甜的香蕉，循规蹈矩，暗自努力，卓然有成，是我最大的骄傲。

最为壮观的，是芒果树。枝茂叶盛，满树都是丰盈的果实，每颗大若巴掌，令人垂涎欲滴。可叹的是，金玉其外，败絮其内，肥硕的芒果裹住的，竟是极为尖锐的、叫人五官走位的酸味。尽管结出了可怕的果子，但它枝盛叶茂，那浓密丰厚的叶子宛如大自然的一把巨型雨伞，为我的书房挡住了猖獗的阳光，给我提供满室的阴凉，让我日日得以恬适地阅读和写作。

回顾起来，种植果树的心情、感觉、道理、原则，其实和养育孩子是极为相似的！

筛子

> 留在筛子里的，是许许多多闪亮如黄金的特质，包括：宽容、宽厚、宽大、宽和、宽让、宽饶。和她在一起的人，永远宽心。

"结婚后，我和性子严苛的婆婆同住。家中炊事，原是她一手包办的，可是，我一嫁入门，她便绝迹厨房了。记得有一回，你公公请了许多客人来吃饭，我在厨房忙着准备，她闲闲地坐在凳子上纳凉。我实在忙不过来时，低声下气地要求她帮我剥一些蒜头，她却冷冷地应道：蒜头剥了，手指黏腻，很难清洗，你自己弄吧！"

告诉我这一则陈年旧事的，是我的婆母。

此刻，她的面前，正高高地堆着肥肥的蒜头。她一手执刀，一手拈着小小的蒜头，刀子轻轻一刮，手指速速一剥，薄薄的蒜衣，便徐徐掉落，千娇百媚地露出了橙黄的蒜肉。她一边剥，一边把干瘪的手指伸入桌上那碗清水里，嘴角含笑地说："剥蒜头，可真的很黏手呢！"

婆母花了整整一个早上为我剥这两公斤蒜头，主要是为将它们搅成蒜泥，收藏在冰箱里，方便我随时取用。

我的婆母，犹如一面筛子——她以宽阔如海的胸襟把旧时代、旧家庭里那些不合理、不可取的传统一一筛掉了，也把一般人性格里的污点、缺点、弱点全都筛走。

留在筛子里的，是许许多多闪亮如黄金的特质，包括：宽容、宽厚、宽大、宽和、宽让、宽饶。和她在一起的人，永远宽心。

碗

婚后的第一个农历新年,我随同外子詹回返怡保。除夕晚,三十余口从马来西亚各地赶回去的亲人济济一堂,十分热闹。宴开三席,婆婆郑重其事地拿出了整套贵重的瓷盘瓷碗,枣红色,雕了浮凸的花纹,雅致大方而又精致美丽。大碗大碟配上大鱼大肉,那种近在眼前的喜气,可触可摸,具体而又实在。众人纷纷入座,摆在我眼前那一只盛着白米饭的碗,绘了栩栩如生的凤,飘逸的身子,由碗的一端绕到另一头,长长的凤尾,曳着无限绰约的风情。笑容满脸的婆婆,兴致极高地举起筷子,招呼大家:"来,吃吧,吃吧!"我端起那碗,颇沉,不知怎的,拿不稳,手一滑,那碗,便"哐啷"一声在地上碎开了,原本欢笑满堂的大厅,猝不及防地寂静无声,我惊极、窘极,只恨地上没个洞。这时,我的婆婆站起身来,脸上笑容丝毫不曾消退,蹲在地上,她欢快地说:"落地开花,大吉大利!"说毕,便手脚利落地把碎片捡起,站起来时,又顺手把她自己不曾动过的那一碗饭放到我面前来,不着痕迹、若无其事,大厅里原本那一大团喜气,在电光石火之间,又迤迤逦逦地弥漫到每一个角落去;我的尴尬和难堪,自然也就消弭于无形了。

以后,在长长的婚姻生活里,我亲爱的婆婆,一直都是以同样的胸襟和态度来包容我的错误,在她的观念里,只要亲情不碎不裂,其他一切,都是无关宏旨的。正是这样的心态,使年过八旬的她,长年享有好似强力胶一样的亲情,而孩子和孙子,都恒远地以她为中心、重心。

雨伞

出生于小康之家的关美霞，婚后与婆婆同住。相处易，同住难，婆媳两人，常常因为鸡毛蒜皮的事儿起冲突。每次与我晤面，总是满脸不开心地投诉。尽管都是些琐琐碎碎小眉小眼不值一哂的事情，可是，当事人用了放大镜，难免不符实况地把小丘看成了高山。

家里过得不开心，新近加入的公司更使她心烦——复杂至极的人事关系她应付不了，堆积如山的公务她处理不完；别人阿谀奉承的作风她看不惯，她的独来独往又被看成是离群独处的孤芳自赏。人缘既无，别人便残酷而又冷酷地把她当成是箭靶，明箭暗箭齐齐飞，她挡无可挡，终日以泪洗面。心里很想拂袖而去，可是，又签了三年合约，一旦毁约，便得赔上几万元。她有身陷囹圄的痛苦，却没有陶渊明不为五斗米折腰的能耐，所以，那痛苦，像一只虫，老在心窝里钻来钻去。

脸儿渐尖，衣带渐宽。

一日，她忽然容光焕发地出现在我眼前，以一种异乎寻常的语调说她的婆婆。原来她婆婆发现她近来日益憔悴而关心追问，了解缘由之后，竟然毫不犹豫地说："我还有几万元积蓄，你就拿去赔偿吧！何苦忍受这种折磨！"美霞当然没有接受她年迈婆婆的美意，可是，婆婆这个美丽的承诺犹如一个坚实的后盾，当风吹雨袭时，她知道，有个人，撑着雨伞，默默地站在那儿，准备为她挡风遮雨，一颗心，霎时便有了个温暖的去处；而原本沉沉地垂在心上的压力，也因此大大地减轻了。想起过去与婆婆之间偶尔的小争执，竟然好似前尘旧事，邈远、模糊、无稽、可笑。

三层床

曾经历过一家几口挤住在同一个房间的艰苦日子。

房里空间有限，父亲特地请木匠制作了一张高达三层的床。我睡顶层、弟弟居中、姐姐垫底。顶层靠近天花板，必须谦卑地哈着腰上床，有时在床上猛然坐起，软软的头颅便惨惨地撞上了硬硬的天花板，金星乱冒。中层呢，窝窝囊囊地夹在中间，翻身时，动作稍大，上下两层都受影响，因此，一上床，便得四平八稳地躺着，不敢随意变换睡姿。底层呢，被上面两层重重地压着，有一种难以喘息的感觉，姐姐有时梦到睡床倒塌而被压个正着，结果呢，硬生生地被自己歇斯底里的喊声惊醒。

尽管居住环境局促不堪，一家人却有着心贴心的亲密感。

永远记得我们姐弟仨在三层床上交流的独特情景：我背朝上、脸朝下，半边身子斜斜地伸出床外，絮聒不休地说着童言稚语；睡在底层的姐姐，也把头倾出床外，亦听亦说；弟弟被上上下下细细碎碎热热闹闹的说话声包围着，有时对着我噘嘴瞪眼做鬼脸，有时朝着姐姐尖声学鬼叫。

当时大家年纪小，当然也吵嘴也怄气。对抗的方式直接而又简单：睡在下层的，心中一不惬意，双足便向上直伸，脚板朝薄薄的床板一下又一下地踢着、蹬着、踹着，睡在上面的人，便成了惊涛骇浪里的一叶扁舟，在颠颠簸簸的晃动里，晕头转向。我睡顶层，永远吃亏——床板常晃动，报仇永无望。

　　睡过三层床的人，在人生的道路上，通常会加倍努力，因为我们都不希望由一张三层床转换到另一张三层床去呵！

对抗

回娘家探望双亲，惊见父亲右边脸颊一大片令人目不忍视的淤黑。

追问缘由，父亲颓然答道："跌倒啦！"

由于双腿乏力，父亲最近三天一小跌，五天一大跌。

我难过地说："您不要再随意走来走去啦，反正轮椅可以任您转动的……"

没有想到，话还没说完，一向脾气极好的父亲居然大动肝火，只见他整张脸涨成了酱紫色，气呼呼地应道："你叫我不要再随意走来走去？如果我听你的话，不是变成废人一个吗？脚动不了，活着又有什么意思！"

说毕，燃着怒火的双目转到了电视的荧幕上，再也不吭声了。明明是好言相劝，却换来如此气势汹汹的回答，我觉得十分没趣，便也不再说话了。两个人，闷闷地对着闹声喧天的电视，都在看，却都什么也看不进去。

不久，父亲决定早点入寝，他努力地从轮椅上站起来，几番挣扎，几番失败，饱满的额头，满满都是汗。旁观者清，看着看着，我猛然像被人敲了一棒似的醒悟过来，刚才，父亲其实是在向岁月发脾气啊！盛气凌人的岁月任意欺负垂垂老去的他，可是，他天生意志坚强，不甘、不愿、不肯屈服，努力反抗。岁月之神被激怒了，扯他后腿，让他跌，跌了又跌，跌了再跌，可是，父亲不屈不挠，奋勇作战，跌得满脸淤伤，跌得双腿肿胀，依然坚守原则，顽强对抗。他知道他一旦妥协，双腿便形同虚设。

　　此刻，他屡试屡败又屡败屡试，终于，颤巍巍地站了起来，拿起了搁在轮椅旁边的手杖，艰难万分而又得意难抑地往房间一步一步地、慢慢慢慢地走去……

眼神

日本电影中那个武艺高强的盲侠，曾在年轻一代的男男女女中风靡一时。

那时，弟弟刚上中学，盲目地把银幕上的盲侠当作崇拜的对象。

一日，举家到亲戚家拜访，大家正谈得起劲时，父亲的目光，突然惊疑不定地停驻在弟弟脸上。坐在不远处的弟弟，正与堂兄在聊天，一双圆圆的眼睛，斜斜地往上翻，突兀地翻出了大片丑恶的眼白——很显然地，他已中了盲侠的毒，将他的样子模仿得惟妙惟肖。

父亲这一惊，非同小可，此后，很长很长的一段时间，他想尽方法、出尽法宝，帮助弟弟革除这个可怕的小动作——劝导、提醒、责骂，周而复始，不屈不挠。

弟弟顽强抵抗，白眼频翻；爸爸全力进攻，白旗不升。终于，耐心特强的爸爸成功地帮弟弟去除了这个不良的小动作。

现在，成为专科医生的弟弟，看人的眼神，坚定、柔和，充满了温馨的关怀；而每每这双眼睛望向父亲时，里面，总有着深深的敬重与浓浓的感激。

幸福

记得,那一刻,我是趴在桌边看书的。姐姐呢,无所事事地蜷缩在沙发里。窗外的天,蓝得无忧无愁而又一尘不染。全副运动健儿装扮的爸爸,站在清晨那亮得近乎炫耀的阳光里,牵着弟弟的手,一再催逼:"还不快点来!再迟,就太热了!"我和姐姐,一迭声地反抗:"不要不要不要去啦!"爸爸洪亮如钟的声音再次响起:"做做运动,对你们身体好!"这时,他的语调里已经有了几分威逼的意味了。妈妈在厨房里剁猪肉,菜刀与砧板接触的声音,一下一下极有规律。我和姐姐,心不甘情不愿地坐直了身体,意兴阑珊地作最后的挣扎:"我们真的不想去嘛!"声音太大了,惊动了母亲,她从厨房里探出身子,喊道:"她们不要去,你就不要逼她们啦!带阿平去,早点回来,中午包饺子吃!"爸爸无可奈何地叹气:"你们呀,总是这么懒!"姐姐如释重负,好像猫一样快快乐乐地缩回沙发去;我呢,跳进厨房帮妈妈包饺子。妈妈系了绣着荷花的围裙,拿着刀子,以富于节奏感的手势上上下下地剁着肉,一绺漆黑乌亮的头发随意地落在她光洁无纹的额头上,有一种无言的风情。炉子上,惬意地坐着一只大锅,排骨熬汤的香味,好像纷纷扬扬的絮语,满天满地地飘,甚至连墙壁也被渗透了。妈妈擀面粉做饺子皮,我傍在桌子旁边,欢天喜地地把搓剩的饺子皮捡起来,发挥天马行空的想象力,搓成各种各样的动物,一只一只排在桌子上,好似在忠心耿耿地守卫着妈妈做成的那一盘又一盘黄澄澄、金灿灿的饺子。正忙得不可开交时,大汗淋漓的爸爸和一蹦一跳的弟弟回来了。妈妈抬头看见,欢喜地问道:"咦,怎么这么快便做完晨运了?"爸爸笑嘻嘻地答:"想到有饺子吃,双脚便老想往家里跑。"妈妈拿了绘着蓝色花朵的大海碗,一勺一勺地舀,汤里的水饺,宛如一朵一朵灿烂地盛开于水中的花,每一朵都在笑。大家胃口都很好,一家子围在桌边,开怀大吃。时常自我戏谑一口气可以吞下两百粒饺子的爸爸,快活无边地表演他的"大食功",一个又一个,一个再一个,他的胃囊,好似是一个无底深潭,我们看,我们笑;正当一串一串笑声清晰地萦绕耳畔之际,眼前那喧嚷缤纷的画面却在电光石火之间倏地消失不见了。

  翻身坐起,窗外,天空蓝得令人难以置信。

  啊,原来是南柯一梦呢!

  在梦中,童年的情景历历在目,父亲双足敏捷有力,母亲妩媚美丽,然而,在现实世界里,亲爱的父母却无可奈何而又无可抗拒地老去了。十分惆怅,可是,转念一想,子欲养而亲犹在,能够长年长日地承欢膝下,是多么可贵的一种幸福啊!于是,在初醒的蒙眬里、在艳艳的阳光下,微笑,久久久久。

愚忠

那天,坐在大厅里,和年逾八十而记忆力依然好得惊人的父亲闲聊,他宽大慈和的脸突然浮起了星星点点的笑意,说:"还记得吗?你大学毕业工作后不久,便为我和你母亲付了旅费,让我们到台湾和香港等地玩了一趟……"

坦白说,如果不是父亲刻意提起,我真的不记得了。

我记得的,是父亲在那个经济普遍不景气的年头里,发狂地工作以送他的三个孩子进大学读书的辛勤劳苦;我记得的,是母亲宁可饿瘪自己也不肯让她的孩子挨一顿饿的慧心爱意。

上一代和下一代,在不同的阶段里,各自以不同的方式来互宠彼此。这种现象,在我成长的那个时代,就好似太阳东升西落一般自然与必然。

近读潘国驹教授的《漫谈科学与人生》,在《宁拙毋巧——与杨振宁教授一席谈》一文中,作者记述了杨教授对于伦常亲情一些独特的看法。

杨教授谈及其亡母时,说:"她从来不怀疑应把丈夫与孩子的福利放在第一位。对于她,这是绝对的一件事。我想,人的思想把一件事情绝对化以后,就变成一种力量。"他又说:"这个力量的来源是她有个信念,这个信念是绝对的，是不容置疑的，如果你说这是愚忠，我想也不是错误的。愚忠这种力量用在合适的地方，就可以发生很大的效用。"

啊，"愚忠"这词儿，可圈可点。实际上，将这词衍化延伸到父母与孩子间的关系，也未尝不可；父母从来不怀疑应把孩子的福利放在第一位——不论在生活线上挣扎得多苦多累多艰辛，都甘之如饴；也不论前方是万丈深渊或是熊熊烈火，都义无反顾地往下跳、往前冲。有着这样的牺牲精神和凡事无畏的大勇气，仅仅只因为他们有着因为"愚忠"而产生的那一股巨大至极的力量！在"愚忠"之爱里成长的孩子，长大之后，快乐地尽孝，有些人，为了多腾出一点时间来照顾父母而放弃可贵的擢升机会，投机者因而视此为"愚孝"；"愚忠"和"愚孝"，互相搭配，形成了一个美丽至极的大循环。可惜的是：这样的循环，已渐成绝响。

在当前的社会里，许多人忙着当"愚忠"的父母，然而，却不屑成为"愚孝"的儿女。老莱子穿彩衣娱双亲的故事，早已变成了众人不屑一顾的笑料了！

岁月这筛子

第一次发现爸爸墨染似的黑发闪出银色的亮泽时，震撼而又惆怅，在心目中，一直错误地以为被社会誉为"抗日英雄"的爸爸是个不老的巨人呢！"白发不能容宰相，也同闲客满头生"这两句诗，遂像傍晚微带寒意的凉风，淡淡地掠过了心头。好似才一旋踵的功夫，爸爸头上那星星点点的"雪花"，便化成了铺天盖地的"雪原"。初入老境的爸爸，无忧无虑，日子过得有滋有味。岁月，是一个美丽的筛子，把生命中的许多沙砾都过滤掉了。少年时曾经有过的怨怼积怒，壮年时曾经有过的气恨愤懑，中年时曾经有过的不甘不平，全都化成了老年时恬然微笑的过眼云烟。老友聚餐时，有人重提当年的怨事、气事、恨事而依然怨、依然气、依然恨时，爸爸总是"一笑泯千仇"，既无怨、亦无气、更无恨。他像个圣诞老人，生命的背包里，装满了"宽以待人"的恕道。

只一事例外。

当话题触及当年日本南侵一事时，爸爸的气和恨，依然像是烟囱上冒出的白烟，仍然似是原野上燃起的大火一样，鲜明而炽烈。三年零八个月的苦难，是他生命中永难刮除的青苔；同胞被任意践踏的生命与尊严，是他心中永难弥合的伤口。

他不能忘记，他亦不肯原谅。

岁月这个筛子，原来不是万能的，它筛不走爸爸的这一份怨，这一份气，这一份恨。

呼吸的声音

父母的呼吸，就是人世间最美的声音。

读这篇散文时，我刚刚从海边回来。当时，夜很深，静得可以听到寂静的声音。读着读着，拿着书的手突然剧烈地颤抖了起来，那一段不经意地飘入眼帘的话，就像是一勺猝不及防地泼到心上的沸油，使我一时痛得喘不过气来。

文章是一位署名"包利民"的作者写的，篇名是《最美的声音》。

内容忆述他读大学时，寝室有位家住哈尔滨的同学，声称家里没有装置电话，从来不打电话回家。有一次，暑假回来后，一连多个晚上，他躲在被窝里，听一盘从家里带来的磁带，听得很专心、很投入，有几回被窝里甚至传出了压抑不住的哭声。室友向他借磁带来听，他说什么也不肯。有一次，好奇的室友趁他不在而从他枕头底下翻出了那盘磁带，放在录音机里听，可是，磁带转了好久好久，都没有声音传出来。室友十分纳闷：他每天晚上听这盘空的磁带干什么呢？后来，行将毕业时，他才向室友坦白了真相。原来他父母都是聋哑人士，为求生计，在生活线上挣扎得焦头烂额；然而，为了让他日后能过上好日子，双亲苦上加苦，想方设法送他上大学。他离家万里，时常想念父母，他说："那次暑假回家，我便录下了他们呼吸的声音，每天晚上听着，感觉父母就好像在身边一样。"在他的心里，父母的呼吸，就是人世间最美的声音。

啊，父母的呼吸，就是人世间最美的声音！

我默默地读着这几句话，一遍、两遍、三遍，无数遍；然后，眼泪便难以遏制地往下淌，往下淌。

呵，这是怎样一种刻骨的痛啊！

这一天，是 2006 年 9 月 27 日。

三年前的这一天，至亲至爱的父亲撒手尘寰。

我们遵照父亲的遗愿，让他的骨灰随海漂流；让他和在同年 7 月病逝的母亲在浩瀚无边的大海中重逢。

母亲去世之前，有好几个星期在加护病房里和狰狞的死神搏斗，在这个非常时期，要听原本健谈的母亲以富于韵味的语言与我们话东道西，已属奢望。我们唯一的愿望，就是听母亲的呼吸声。她的呼吸声，就算再微弱，依然是人世间最美的声音。

然而，这样一个简单至极的愿望，竟然还是落空了。

母亲去世后，原本好谈爱笑的父亲，对于语言和笑声，突然变得"锱铢必较"，吝啬得近乎苛刻。每次回家看他，他眼神空洞，不发一言；我们在厅里对坐，此起彼落的呼吸，就是双方沟通的"语言"。那时，我只觉凄惶，一心想让父亲说，一心想要父亲笑，可是，自己却又还沉浸在丧母的悲伤里，真有"泥菩萨过江"的感觉。母亲去世仅仅 78 天，父亲便相随而去。

父母亲的呼吸声，自此成了人间的绝响。

每年，在父母的忌日里，静静地站在他们骨灰漂流处悼念他们时，大海总讳莫如深地沉默着，海面不皱，波浪不起，原本想将浪涛拍岸的声响想象成他们呼吸的声音，但是，这样一个卑微的愿望却也无法达到。

别人总说时间是最好的疗伤剂，对于被感情刺伤的心，它也许有一定的疗效；然而，亲人死亡在心房挖出的那个溃烂的伤口，却很难愈合。我总是避免去想，因为那种一波一波直捣心窝的痛很折磨人。

父母的呼吸，就是人世间最美的声音。

是真的。

父母逝世三周年，谨以此文为祭。

最后的愿望

爸爸在新加坡有三个弟弟，手足情深。

个个都是能吃爱吃而又无所不吃的"饕餮"，个个都是能说爱笑而又喜欢摆龙门阵的老顽童。退休之后，天天结伴出门，共寻美食。大吃、大谈，聊到开心处，笑声四溅，羡煞旁人。

这样一种镶嵌着快乐的日子，有一天，出其不意地起了变化——平时走路快速如风、说话声如洪钟的七弟，突然中风瘫痪。

爸爸这位聪慧过人的七弟，在烽火连天的年代里，没有求学的机会，可是，他却自学不休，无师自通地掌握了多种技能，包括语文和电脑。当几兄弟合作开设建筑公司时，他可以巨细靡遗地计算出每项工程所需的费用，然后，准确无误地下标。

爸爸是打从心里疼着这位奋发向上的弟弟的，而他呢，对爸爸总是言听计从的，敬爱加敬重。

七弟的突然中风，让几兄弟原本快乐无忧的生活蒙上了阴影。

此后，兄弟仨每天风雨无阻地去探望他，每回总花上三四个小时陪伴在病榻。七弟右半边身子瘫痪，不能言语，不能动弹，只能靠流质食物维持生命；然而，他的知觉和听觉，却敏锐如昔。最初，一见亲人，便眼泪狂流，那种绝望的眼神，是比死亡的本身更叫人刷心的。爸爸不要他因自怜而消沉，因此，很努力地把悲伤锁在心底深处，装作若无其事地和他话东道西，他左边的手能动，爸爸便刻意训练他以手代口来表情达意——爸爸把手指放进他的掌心里，嘱咐他把手掌合拢，如果他同意爸爸的话，便紧握爸爸的手指一次，如果不同意，便握两次。爸爸常说励志的话，为他打气；讲诙谐的笑话，让他开怀；叙述亲友的近况，替他解闷。他感受到哥哥们对他真诚热切的关心，便也努力振作。有几次我去看他，看到的是无比动人的"画面"——兄弟伍围在床边逗他，他在床上嘻嘻地笑。

没有人料到，这一躺便躺了整整三年。

第一年，他努力配合兄弟伍，说笑话时，他笑；谈天时，他开合掌心以参与；那时，他是存了痊愈的奢望的。到了第二年，他意兴阑珊，很多时候，麻木着脸，像戴了一张面具，当亲人温馨地握住他的手时，他却在别人的掌心里吃力地写出了一个"死"字。他想死，他要死，他渴望以死来解脱这种像炼狱般的痛苦。可是，对于一个瘫痪在床的人来说，死亡，似乎伸手可触，但却又遥不可及。到了第三年，他对旁人任何的逗引都不肯再作出一丁点儿的回应，他的心已经比他的脑先死了。

清清楚楚地记得，死讯传来的那一刻，我们一家子正在用餐。深爱胞弟的爸爸，点了点头，平静淡定地说："好，走了好。"对于一个全无生命素质的人来说，死亡，即意味着"全然的解脱"。

多年饱受病魔折磨的文学巨擘巴金，在要求"安乐死"不果后，曾经沉痛地道出"长寿是一种惩罚"的至理名言。当他撒手尘寰，台湾著名作家季季说出了大家心里的话：

"现在，全世界关心巴金的读者都可以松一口气说：巴金的最痛，终于结束了！"

我想，我们的社会，目前应该已经有了讨论与接受"安乐死"的成熟度了。

仙人掌和咚咚人

贫穷，像是烈阳下的影子，无比清晰地而又无比鲜明地盘踞在我童年的记忆里。

那时，父亲是个吃力不讨好的文化人，在怡保办一份曲高和寡的报纸《迅报》，我们一家子就住在一所简陋的木屋里，名副其实的家徒四壁。然而，这"一无所有"的屋子，却同时又是"无所不有"的；日子看似苍白，整所屋子偏又闪着黄金般的璀璨亮光。

为日子镀上金光的，是爱。

鱼翅和龙虾是我们生活的"绝缘体"，可是，我们却有着比这更丰盛的东西，那就是书。

书籍，一沓沓、一摞摞，堆得满天满地，即连空气里，都飘浮着一个一个的方块字。父亲看书时，手中总握着笔，作眉批，眼和手俱忙，红色的蝇头小字，像标致的小蚂蚁，施施然地在书页间爬行。母亲看书时，全神贯注，那种极致安静的样子，有无可名状的美丽。在万籁俱寂的当儿，书页轻轻掀动的声音，便是让人心魂俱醉的音乐。

父母看书，也谈书，细声细气地谈，细水长流地谈。两人的语调，是如此地轻，是如许的柔，仿佛担心声调重了会使文字受到惊吓，一只只从书页中飞走。

同样热爱文字而又彼此相爱，父亲和母亲，虽穷而不苦。

成长后，当我回想这一段岁月时，印象里最深的，不是饥饿，而是父母亲把目光镶嵌在字里行间时眉眼那份恬然的笑意。他们常常让我联想起沙漠中的仙人掌，生活里极端的贫瘠就像是无坚不摧的龙卷风，可是，坚定的信念和美丽的理想却造就了他们无所畏惧的大勇气和百折不挠的意志力。龙卷风再强，也击不倒他们。

木屋外面，有一条河，一条邋里邋遢的河、一条悲伤的河。每当下雨，那河便哭，哭出大量黑色的泪；那泪，顺着低洼的地势，肆无忌惮地流进了屋子里，整所木屋也因此氤氲着一种腐臭不堪的气息。就在母亲忙忙碌碌地以竹枝扫帚一下一下地将好似永远也扫不完的污黑河水扫出去时，不识愁滋味的伊文姐姐便欢天喜地地带着四岁的我和三岁的国平弟弟到河边去玩。河已停止哭泣，但是，水位涨得很高。姐姐把事先折好的纸船分发给我和弟弟，郑重其事地对我们说道："你们许愿，让纸船把你们的愿望送出去。"我傻傻地问："送去哪里？"姐姐沉吟了一下，然后，极有威严地说："别多问了，问多了会不灵的。"她的脸色庄严得像座庙，我当然不敢再多问了。五岁的孩子，到底许了什么愿望，现在已不复记忆了，然而，把盛着愿望的纸船放到河里去的那份雀跃，我却是记得的。

不下雨时，姐姐便领着我和弟弟在长而窄而弯的泥径里寻找一个"子虚乌有"的"咚咚人"。她一脸神秘地说："'咚咚人'是无所不能的，只要找到他，什么愿望都可以实现！"我们齐声惊叫："哇，这么神奇！"我心想，姐姐口里这"咚咚人"，不正像阿拉丁神灯里那个"要什么就给什么的巨人"吗？我和弟弟心驰神往，像两只失蜜的蜂一样，在又长又窄又弯的泥路上，倾尽全力，寻寻觅觅，然而，就算把整条泥路翻了过来，"咚咚人"

依然踪影全无。奇怪的是，一次一次地找，一次一次地失望，却依然乐此不疲地找。成长后，问姐姐："你当时怎么会无中生有地弄出个'咚咚人'来把我们骗得团团转呀？"姐姐讳莫如深地微笑着说："哪有骗你们！只要你们相信有，便有。"听懂了姐姐话里蕴藏的"玄机"，我豁然微笑。

在那捉襟见肘的贫困岁月里，我们没有任何玩具，可是，姐姐却在我们的心田里种下了一棵"希望的树"，我们很努力地浇水施肥，虽然那棵树始终长不出果子，但是，姐姐却教会了我们，有盼望便有快乐，有憧憬便有幸福。

奶油上的康乃馨

孝心,是一只特大号的奶油蛋糕,母亲穷其一生的岁月也吃它不完;母亲节呢,只不过是奶油上面一朵微乎其微的康乃馨,是点缀性的,目的只是替平淡的生活增加一点小情趣罢了。

印象里,妈妈从来不曾给外祖母庆祝过什么母亲节,从不。

但是,她俩感情很好。每回外祖母从怡保到新加坡小住时,母亲的脸,总会绽放着一种好像钻石般的璀璨亮光。外祖母爱吃什么,桌上便有什么;外祖母爱去哪里,哪里便有我们的踪迹;外祖母心里想要什么,完全不必开口,母亲便会替她打点得妥妥帖帖。

外祖母爱海,长年生活在被群山环绕的怡保,她向往海洋那种一望无际的开阔,她心醉于海浪那种澎湃的气势。所以,外祖母一来,平常鲜少出门的母亲,便常常扶老携幼到红灯码头去,让外祖母看海、听海、吹海风、感受海的磅礴与美丽。稚龄的我们,快活地在草地上打滚戏耍,母亲呢,就和外祖母肩并肩地坐在石椅上,喁喁细谈。闲闲地挂在海岸线上的夕阳,又圆又大;色彩斑斓的云彩,在海面上不甘寂寞地变幻着、涌动着。母亲和外祖母,便在满天满地的瑰丽里,一径地谈着,谈着,细细碎碎的谈话声,和海涛拍岸的声音完美无缺地融合为一体,她们的神态是那么地亲昵,不像母女,倒像知已。这是深深地镌刻在我童年回忆里一幅永不褪色的图画,活的图画。

平常生活在相隔了几百里路的两个地方,她们就化身为鱼和雁。常常,母亲做完了家务,拭干湿漉漉的手,便在荧荧的灯火下,在薄薄的信笺上，倾吐千言万语；而每当她接到外祖母的来信时，总是津津有味地一读再读，读完后便郑重其事地折好，收藏在一只樟木盒子里。母女情，犹如两根长长韧韧的线，一生一世紧紧相系。

看在眼里的这一切，便成了具具体体、切切实实的、不折不扣的活教材。

曾经读过一则小故事。

有个孩子，看到父亲在家里制作了一个坚实的大藤篓，把他白发苍苍的父亲放了进去，吃力地把藤篓背在身上，步履蹒跚地出门去。孩子忍不住追上前去，问道："爸爸，你要把爷爷背到哪儿去呀？"父亲如实答道："你爷爷年纪老迈，已经不中用了，留在家里白耗粮食而已。我要背他上山崖，把他扔进山谷去。"天真烂漫的孩子立刻飞快地说道："爸爸，你可千万要留下那只篓子，以后，我可以拿来装你上山崖！"

成人每一句从口里蹦出的话，每一个处心积虑的行动，都是一个无形的"模范"，一则无言的"身教"。

当一个人时时在孩子面前对长辈粗言秽语，却希望成长后的孩子对自己言谈有礼，不啻痴人说梦；当一家之主和孩子们热热闹闹地围着饭桌品尝美味佳肴，却将年迈的双亲安置在厨房一隅吃残羹剩饭，那么，他等于是为自己的将来画出了既定的蓝图。

在充满了功利主义的今日商业社会里，有许多人，可笑地把被鼓吹得神圣无比的母亲节当成尽孝的明证。长年踪影不见，母亲节来了，便拨冗带妈妈上挤得水泄不通的餐馆吃一餐，如此一来，便算对自己的良心有了很好的交代。

实际上，晨昏定省，比在母亲节里应景式地给牙齿不再坚实的老妈妈买一粒大鲍鱼有意义得多，也可贵得多！心存孝念，每一个日子都是母亲节。成日让笑花绽放于母亲脸上，便是给母亲最大的、最好的、最圆满的礼物。

孝心，是一只特大号的奶油蛋糕，母亲穷其一生的岁月也吃它不完；母亲节呢，只不过是奶油上面一朵微乎其微的康乃馨，是点缀性的，目的只是替平淡的生活增加一点小情趣罢了。

我们千万不能本末倒置。

历史的脚印

家里有个壁橱，油亮的深褐色，是父亲生前专用的。它横跨整面墙壁，上达天花板；广度、长度与深度兼而有之。

壁橱里，除了整整齐齐地排放着父亲心爱的古籍、文集和多部版本不同的繁简字典以外，还有多个讳莫如深的纸箱，高高低低地叠放着。偶尔有电视台或电台的负责人前来为父亲摄制或录制节目，父亲便会搬出其中一些纸箱，亮出里面宝贵的文献。节目一旦拍好、录妥，父亲便又像收藏稀世珍宝一样，把这些历史文献密密收好藏妥。

2003年，父母亲在不足百日内相继去世，这两枚出其不意在我们心中引爆的炸弹，把我们的心炸得血肉模糊。在长达几年的时间里，难抑丧亲之痛，大家都无法再迈入那所盛满记忆的屋子。

屋子足足空置了四年，到了2007年，姐姐伊文才决定把它卖掉。

在父亲的壁橱里，我们所发现的历史文献，比意料中更多。当把那些沉寂已久的纸箱一个一个地打开时，我们清清楚楚地听到了里面的文献以无声的语言陈述了日本在20世纪40年代南侵的血泪史，我们也清清楚楚地看到了一名热血青年为了保家卫国而豁出性命与强敌对抗的正直和勇敢。

这些宝贵的文献包括了136部队自绘的地

图和开会记录、大量的照片、136部队马来西亚最高指挥官戴维斯（John Davis）写给我父亲的多封亲笔函件（戴维斯在信里称我父亲为"亲爱的阿韩"，而"阿韩"正是父亲在136部队里的化名）、东南亚联军总司令蒙巴登上校亲自颁给我父亲的宝星勋章。此外，还有父亲大量的手稿以及大叠关于136部队的剪报，等等。

在这些文献当中，令我印象最为深刻的，是父亲在抗日活动时留下的亲笔日记。他以简洁的用语、条理分明的叙事方式，记载了抗日活动许许多多重要的细节。日记里的他，时而在缺粮缺水的困境中运筹帷幄，指挥若定；时而在军情吃紧的风声鹤唳中，与队员共谋智取敌人之道；有些篇章，更栩栩如生地描绘了敌我短兵相接时那种血肉横飞的可怖场面。他文笔生动，信手拈来，却足以让人读得大气难喘。每一则日记，都是历史活的见证。

父亲已逝，这些文献对于我们几兄弟姐妹来说，自然是无价之宝，然而，想深一层，有关136部队抗日活动的一切文献，理应属于历史，我们不应该把宝贵的历史文献当作私人的收藏品。经过商量，我们一致决定，让国家档案馆保留这串"历史的脚印"。我们同时也捐出了联军送给我父亲留作纪念的一把日本军用长刀。这把长刀，常年挂在我们家中的墙壁上，它时时刻刻提醒着我们，当国民没有坚实的武器自我保护时，便得面对敌人刀尖的威胁了。这把长刀，可说是国民教育活生生的教材。当我们选择原谅从来不曾祈求我们原谅的敌人时，我们永远、永远也不能忘记长刀上曾经沾上的斑斑血迹。

国家文物局于2008年4月15日举行了隆重的"文化遗产赞助荣誉奖"颁发仪式，由李文献部长主持。对于捐赠者来说，这个仪式，是具有双重意义的：一方面，它给予捐赠者应有的尊重；另一方面，更为重要的，它让捐赠者觉得安心。知道捐出去的文献和文物都会受到很好的照顾,那种感觉,就好像是给宝物找到了一个永久的家,一个能够挡风遮雨的家。

实际上,当个人把宝贵的历史文献收藏在家里,就好像让一个清脆悦耳的音符跳跃在耳畔;然而,当不同的文献由各个方向无私地汇集于国家档案馆时,却能形成气势磅礴的交响乐。

我深信父亲在天之灵倘若知道我们的安排,也一定会颔首微笑,表示赞同的。

风筝高高飞

在娱乐普遍匮乏而物质生活高度贫瘠的童稚时代，放风筝是家里一桩了不得的大事。

风筝是爸爸自己糊的，设计成各种可爱的形状，印象最深的，是一只大蝴蝶，色调斑斓得非常前卫，俏丽而又活泼，想到它在洁白的云絮里翩翩飞舞的样子，兴奋便像是孵在心里的一株豆芽，愈抽愈长。

爸爸总在雨季不能出门的闲暇里糊风筝，屋外风声呼呼、雨声淅沥；屋内呢，笑语朗朗、笑脸盈盈。说是家徒四壁，然而，每一串笑声，都是口里吐出的珍珠，简陋的家，满满都是珠光宝气。

做好的风筝，束之高阁，大家满心欢喜地等待老天放晴。生活里有了美丽的期盼，每一个日子，都好似髹上了亮亮的釉彩。

终于，风筝季节来了。

天空蓝得不可思议，好风如水。草地是一望无际的绿，草地上，是一群与风筝追逐的人。

爸爸右手执着线头，线的另一端系着振翅欲飞的大蝴蝶。他站在风势吹得极顺的地方，手势敏捷地将大蝴蝶朝上一扬，大蝴蝶宛若得着仙人点化，蓦然活了起来，顺顺地、美美地飞了上天。爸爸不断调整手中的线，就在牵牵扯扯、松松放放、拉拉曳曳之际，得着自由的大蝴蝶，越飞越高，越高越得意，在云絮中的舞姿，简直是忘形的。

然而，辽阔的天空并不是一方净土，它暗藏狰狞的杀机。有时，快乐的风筝被其他心怀不轨的风筝"缠"上了，只轻轻纠缠了一下，便不敌"陨落"，惨惨地掉在一个也许找得到也许找不到的地方，性子耿直的爸爸，总生气地叹道："不像话，真不像话！"

大蝴蝶"香消玉殒"，不是先天不足，更不是爸爸放风筝的技巧欠佳，主要的原因是有人使诈，用了无锐不克的玻璃线，在遥遥的天幕里为非作歹，心狠手辣地将一只只安分守己而又自得其乐的风筝割断。

鉴于此，爸爸在放风筝时，便用了"五分开心，两分小心，三分防范之心"，大蝴蝶在爸爸一放一收之间，在蓝天里又高又低地飞着，飞着，自豪地飞出了一种属于自信的绚烂。

一年又一年的风筝季节过去了，我们也慢慢地长大了，回首前尘岁月，我才恍然发现：爸爸其实是以放风筝的原理来教育、养育、抚育他亲爱的孩子的。当环境安全、风势顺畅时，他便把线放得长长长长的，随我们在辽阔无边的天空里任意飞翔，让我们在良好的自我感觉里随意发展，与此同时，他把线的一端牢握于手里，他的双眸，也紧紧地随着我们飞翔，一刻也不放松，一发现任何不妥，他立刻便将"风筝"扯低，甚至，当机立断地收线。

在这样一种既感性又理性的环境里长大，我绝对不会成为"断线的风筝"，不论在天涯、在海角，我的心，永永远远系在握线人的手中。

时序推移，现在呵，我亦成了一个放风筝的人，我用的，也正是父亲那种放风筝的方式……

"四自"哲学

如今，为人母亲，我将"双自"扩充为"四自"，作为家训。

这"四自"是：自信、自重、自由、自立。

生命里的最初八个年头，是在恬静的山城怡保度过的。听的、说的，全都是粤语。孤陋寡闻的我，一心认定，粤语是社会唯一通行的语言。

移居新加坡后，整个人骤然好似由黑白的框子跳进了五彩的画面里，处处兜转着时，惊愕之余，惊叹不已，典型的刘姥姥。夹杂在五光十色的新事物中，最令我迷惑的，是语言。在这个不算繁华但却极为繁忙的大城市里，粤语并不是"独树一帜"的方言。

一日，偕同父母亲逛商场，这里听听，那里听听，全都是宛若天籁的闽南话，听着，听着，不由得冲口说道：

"嗳，真可惜我不是福建人！"

父亲一听这话，立刻驻足，一脸肃穆地看着我，说道："以后，我再也不要听到你说这种丧志的话了！你是什么籍贯的人，要永远以那籍贯为荣！你如果想听懂福建话，用心去学，不就可以了吗？世间无难事，只怕有心人啊！"

通过这一番义正辞严的话，父亲将他的"双自"哲学发挥得淋漓尽致。所谓的"双自"，就是"自信"与"自重"。

父亲认为，生活是一头顽强的兽，要与它斗，身上必须要有犀利的武器，这武器，便是"自信"了。自信所散发出来的强大威力，使事事攻无不克。

至于"自重"呢，则是"自我约束"的道德准绳，它就像藏在自家脑子里的一道"紧箍咒"，时时监督着自己的行为。

父亲常说，唯有自信，才能将自我潜能发挥到极致；唯有自重，才能赢得他人的敬重，而真正的处世之道是：自信而不自傲，自重而不自恋。

父亲的"双自"哲学，让我受惠终生。

如今，为人母亲，我将"双自"扩充为"四自"，作为家训。

这"四自"是：自信、自重、自由、自立。

许多家长，把孩子当作盆栽，放在温室里，浇水、施肥、修剪、美化，一切做得妥妥当当，无懈可击，然而，风一吹、雨一打，便枝摧叶残，不堪一击。

我不。

我要我的孩子成为户外的树，扎根于泥土，吸收阳光雨露，茁壮成长。在他们整个成长的历程里，我处处给予他们自由和尊重，既不检查他们的书包，更不强制他们参加任何不在兴趣范畴内的活动，我仅仅要求他们在学习和做事时全神投入、全力以赴。在这种"自由"的氛围里，他们都享受着"如鱼得水"的快乐童年。

最近，年仅18岁的女儿以自助的方式到捷克去旅行，寄来了明信片，她说：

"过去，无论大事小事，您都放手让我去尝试，这种教养方式着实为我培养了极强的自立能力。现在，只身在异国，觉得自己无所不能，因而心无所惧。妈妈，谢谢您！"

啊，"四自哲学"使我亲爱的女儿成了一株不畏风雨的小树！

我欣慰地微笑。

柚子情

小的时候，住在怡保。

中秋节一来，一缕一缕轻轻淡淡若有似无的柚子香，便无限多情地缠绕在美丽的山城里。

街上，一摊摊，一堆堆，卖的全都是柚子，圆圆大大的、丰丰实实的、饱饱满满的，好似一圈一圈绿色的笑影。

欢天喜地地跟在母亲后头，看她选柚子。首先看柚皮，凡是亮亮滑滑，得意地泛着润泽油光的，新鲜度高。其次掂重量，那些提着显得赘手的，水分多。母亲细心地选了一堆，小贩用网篮兜住，母亲拖着沉甸甸的柚子，伸手招来了三轮车。我和母亲，坐在露出衬里的陈旧坐垫上，脚下，满满地堆着柚子。三轮车在交通并不繁忙的古老街道晃荡晃荡地走着，我靠在母亲的臂弯里，母亲身上的香粉味儿和柚子的清新味儿难分难解地缠在一块儿，我闻着闻着，便甜甜地睡过去了。

爸爸切柚子，有个又快又准的好法子。他把磨得极利的刀子，在柚子中央朝东朝西团团地切割一圈，然后，双手上下用力一掰，两个半圆形的柚子皮，便利落地掉了出来。这法子，看似容易，可得用上功夫哪！倘若下刀太重，会伤及柚子肉；下刀太轻，又扳不开来；力道必须不轻不重恰恰好，才能漂亮地成事。

柚子一剥好，孩子抢的不是柚子肉，而是柚子皮。抢到了，便戴在头上当"头盔"，它软软的、凉凉的，戴了一阵子，连头发都沾上了柚子香，很是受用。母亲把一瓣一瓣的柚子肉剥出来让我们吃，我们把晶莹剔透的果肉放在掌心里，就着澄黄的月色看，犹如无数无数的水晶体聚集在一块儿，闪闪发亮，再仔细看时，掌上立着的，又好似一堆凝固不动的萤火虫。

怡保的柚子，水分极多，味儿清甜绝顶，每吃一口，都好像是在啜饮柚子汁。天上有圆圆的月亮，地上有圆圆的柚子，黄黄的月色照在绿绿的柚子上，使柚子绽放出一种宛如翠玉般的光彩，将我童年的中秋夜映照得光辉灿烂。

移居到新加坡后，中秋节时，买泰国进口的柚子。厚厚的皮、红红的肉、酸酸的味，只吃一瓣，食欲便失。

举头望明月，低头思柚子。

当然，在这一份对柚子的刻骨思念里，也包含了那一缕似魂魄般终生相随的乡情，包含了温馨贴心的童年回忆，包含了戴"柚子盔"时对父亲的依赖和尝柚子肉时对母亲的依恋……

等待

年纪很小的时候，便已知道了等待的无奈与悲酸。

那时，爸爸失业，家无隔宿之粮。

住在简陋的板屋里，屋旁有一条龌里龌龊的小河，长年长日地在呜咽。每天傍晚，我都蹲在那臭气弥漫的小河旁，等待。自焚的夕阳异常痛苦地被污黑的小河一寸一寸地吞咽，接着，整个大地罩在一片暧暧昧昧的灰黑色里。我觉得我好像一尾小小的鱼，不慎落入了一缸浑浊的水里，兀自划动着无力的尾巴，焦灼地作无助的挣扎。饥饿是刀，是火，是烙铁，狠狠地割着烧着烙着空无一物的胃囊，但是，心中始终有着一束很亮的火苗，静静地燃着。

爸爸是踩着一地薄薄的月色回来的。生活里的失意和挫败，从来不曾将爸爸的脚步变得迟缓笨拙，他总是走得轻快而又敏捷，有着命运之神完全奈何不得的豁达与自信。当他把带回来的食物摊放在桌上时，脸上总露着使人宽心的笑容。生活是击不倒人的，除非你自己向生活升起白旗。凭着这样的信念，我们一家子熬不多久，便等到了生命里灿烂的春天。在这段等待的日子里，出身富户的母亲，一直都是恬然无怨的，我想，正是这一份全然的信任与支持，使父亲得以渡过他生命里一些很大很大的难关。

成长而又成婚后，我又经历了另一种截然

不同的等待。

那一年，我放弃了热爱的工作，带了稚龄的孩子，飞越千山万水，来到了荒瘠的沙漠，与我的丈夫开拓一份全新的生活。他一人掌管一项大工程，责任重、工作繁，每天二十四个小时都不够用。我呢，家务和炊事都有人代劳，一天到晚无所事事，在那个一切以宗教为中心的国度里，既不能工作又没有娱乐，闷得连屋子里有几只苍蝇都算得一清二楚。每天傍晚，带着孩子，蹲在山头，等外子回家。沙漠的夜，总比其他地方来得深。夜一来，四周的山，便化作一群魑魅魍魉，我心慌意乱地等，心生怨意地等，愈等愈气，眼泪便扑簌簌地掉满衣襟。每次每次，当他为自己的难以早归作出充满歉意的解释时，我都以铁青的脸色和严峻的沉默作为回应。我根本就忘了，他当"拼命三郎"，其实为的正是我们共同的家啊！

在我苦苦地等他早归而他身不由己地把过多的时间奉献给工作时，他也同时在耐心地等我——等待我的理解和体谅。有一回，他又因工作而耽搁了回家的时间，我坐在屋里生闷气，突然瞥见他从停车的地方像一支出弦的箭一样跑向家门，跑呀跑的，跑得脸色发青，跑得上气不接下气，仅仅，仅仅只为了提早几秒抵达家门！一直横亘在我胸口上的硬垒这时突然间整个软化了，我双目如潮地拉开大门；此刻，他惊讶地看到，门内站着的妻子，漾着一脸久违了的笑意……

焚鱼成灰

生命是河流,在未经世事的年轻岁月里,需要鱼的喧哗来酿造无声的热闹;一旦进入了哀乐中年,独爱无鱼的澄清明净。

1

这件事,我当时一直不能明白。

真的不明白。

那一年,我十二岁。

蜷缩在屋子一个阴暗的角落里,呆呆地看着母亲。母亲正坐在庭院内一张矮矮的凳子上。已是傍晚,铁皮桶里狂乱飞舞着的艳红火舌,在暧昧不明的暮色里,显得突兀而又诡谲。母亲手执长长的火钳,专注地在铁皮桶里翻动着,四散的火星飞得老高老高的,像一群金色的小蝴蝶。翻动了好一会儿,母亲搁下火钳,又再从身旁取了另一本日记,投进铁皮桶里,火烧得更旺了,熊熊的火光把她那张染着岁月沧桑的脸映照得嫣红嫣红的,别有一股动人的风韵。

母亲已经整整地烧了一个下午了,可是,还烧不完。

她在烧她写了半辈子的日记,足足有二十来本哪!

母亲的字迹纤细秀美,一笔一画娉娉婷婷的,每次看到,我都会联想起音乐盒子上面舞步优雅的小美女。现在,被火势惨烈地吞噬着,它们痛不痛呢?我难过地想。不过,我不敢和母亲说话,因为她脸皮绷得紧紧的,仿佛一碰就会破。我能感觉得到,母亲生命里有一些东西,在这个下午,在这个阴沉的下午,永远永远地流走了。可是,当时,我年纪太小,未能明确知道是什么。

母亲焚烧日记的那一年，也正好是我开始写日记的年头。

当时，我已经写了半年。在万籁俱寂的夜晚，慎重地打开心锁，将心门之内的东西悉数倒出。零零碎碎、鸡毛蒜皮，全部都是只能对自己说而不可对他人言的真心话。委屈和不满，通过盈纸的牢骚，得到了舒缓；失意和愤怒，通过了语言的宣泄，得到了安抚。日记，很好地平衡了我那个敏感年龄的多变情绪。它是我贴心的宝贝。所以，那个下午，那个满屋子飞着灰烬的下午，我不明白，实在不明白，母亲怎么会如此忍心而又狠心地焚烧自己多年的宝贝。

我写，年复一年地写，写写写，写写写，一本两本三本，越来越多本，无数本，书架一排一排地全都密密地放满了。

生活是水，日记是鱼，它详细地记载着水的温度、水的密度、水的生态、水的流向。一年又一年，一条又一条，快快乐乐地游过去、游过去。

生命是河流，在未经世事的年轻岁月里，需要鱼的喧哗来酿造无声的热闹；一旦进入了哀乐中年，独爱无鱼的澄清明净。

当有那么一天你发现清静是人间最悦耳的声音时，过去曾有过的喧哗，便变成了刺耳的絮聒。过于忠实地记录在日记里的那些连自己也嫌逆耳的喧嚣，倘若不慎"流落坊间"，后果堪虞。

三十岁那一年，我决定亲手毁掉写了十八年的所有日记。

当一部又一部的日记逐页逐页地在狂乱飞舞的火势下化成轻忽飘逸的灰烬时，我终于明白了母亲当年的心情。

我真的明白了。

灯塔请莫哭泣

生命中有些伤痛，像胎记，是永世难以去除的。

爸爸是一座灯塔。

在我心目中，他是。

一直都是。

坚强、豁达、乐观、幽默。在别人眼中，他是"136部队的抗日英雄"，在儿女眼中，他永远是个"生活击不倒的巨人"。挫折也好，困难也罢；挫败也好，磨难也罢，他一一当作是意志力的考验。在家里，他很少皱眉，更少叹气。妻子，他爱；孩子，他宠。长长的一辈子，他无时无刻不为我们挡风遮雨。心中有惊悸有不安，一想起爸爸，便好似服了一颗"定心丸"；心中有疑问有困难，一想到爸爸，便宛如在干旱的沙漠里看到了怡人的绿洲。

他是高高矗立着的灯塔，静静地散发着智慧的亮光，为儿女指引人生的方向。

迈入了古来稀之龄后，不肯老而又不愿老的爸爸，便竭尽己能顽强地与岁月抗衡。为了保持原本特佳的记忆力，他天天拿着报纸，强记新加坡所有部长、政务部长、政务次长以及各区议员的名字；更绝的是：我百多部著作的书名，他竟能按照出版年份一部一部地倒背如流。

闲暇时，他常约朋友出门，畅谈时事，口沫横飞；针砭时弊，毫不留情。他分析问题，往往条分缕析，鞭辟入里。脑子的灵活，同龄者无人能出其右。

然而，然而呀，自从母亲生病入院后，原本快乐、硬朗、矍铄的老爸爸，便变成了截然不同的另一个人。

他变得寡言少语、悒悒不欢。天天坐着轮椅上医院，默默地看着人事不省的母亲，无神的双目忧伤而落寞。和他说话，他不是答非所问，便是沉默不语。

母亲撒手尘寰的那天早晨，爸爸成了一具石膏像，不吃不喝、不言不语。后来，开口时，竟问我："妈妈都还没有去世，你干吗写讣告？"这话，就像锥子，钻入我心坎，一颗心痛得好似裂了开来。再后来，看到躺在棺木里的母亲，爸爸终于明白了，一世夫妻，阴阳永隔。他拄着拐杖，手足颤抖，冰凉的眼泪，慢慢慢慢地淌了下来；花白的头发，像风中的芦苇。白发人送白发人，有断肠的悲恸。

为了尽快帮助爸爸把眼泪拭干，丧事一办完，征得他本人的同意，我们买了头等舱的机票，将他送往中国无锡，让他与他在中国的三个弟弟团聚。我们原本以为可以借着亲人重聚的热闹让他忘却丧妻的痛苦，然而，我们错了。爸爸忘不了，无法忘。在无锡只待了短短几天，他不顾弟弟们苦苦的挽留，一心一意坚持要回返新加坡。

我和姐姐到机场接他，落落寡合的他，满脸都是无法排遣的悲伤。

啊，**生命中有些伤痛，像胎记，是永世难以去除的**。但是，爸爸，亲爱的爸爸，请您不要哭。您不要忘记，过去，您是我们的灯塔；现在，依然是；而灯塔，是不哭泣的啊！

干戈变玉帛

以"君子远庖厨"这一句话来衡量爸爸,是不准确的。

就为人处世的方式来说,他是个不折不扣的君子,可是,这个肥肥的君子喜欢吃而又喜欢煮。

爸爸不是生下来就那么胖的。家里的相簿,收了多帧他身着戎装的照片,不论手握短枪或肩扛长枪,全都显得矫健结实,威风凛凛。

后来,当上了建筑商,频繁的应酬,一发不可收拾地诱发了他"好饮爱食"的遗传基因,天天好饭好菜、大鱼大肉,于是,一圈又一圈的赘肉,便"知恩图报"地往身子长,长长长、长长长,终于"大功告成"地"堆砌"出一个属于圣诞老人的肚子。

爸爸爱吃、大吃而又懂得吃。闲来无事时,他爱煮、大煮而又懂得煮。在家里经济很好的那些年头,每个星期天,爸爸都呼朋唤友前来用餐。一大清早便兴致勃勃地挽着菜篮上菜市,鸡鸭鱼肉撑得菜篮几乎坏掉。

爸爸烹饪,讲究大烟大火,他虽然胖,身手却十分敏捷,手一伸一拎,那口大大沉沉的黑锅,便稳稳当当地坐上了炉子。当达于沸点的油在锅子里"嗞嗞嗞"地发出呻吟声时,爸爸便在锅子里表演烹饪的"特技"了。炒菜,菜翠绿;煮肉,肉丰腴;炸虾,虾酥脆;炖汤,汤甘美。爸爸无所不能而又无所不佳。

我们兄弟姐妹几个在袅袅的炊烟中快乐地

成长，对食物养成了敏锐的嗅觉、味觉和视觉，而我想，这应该归属于"美学教育"的一部分吧！

许多人在厨房忙了一整天之后，都会丧失食欲，爸爸可不。当满座亲戚朋友津津有味地狼吞虎咽时，他自己也"埋头苦干"，吃得比谁都多。在与别人分享自己"劳动成果"的同时，爸爸也肯定了自己"辉煌的战果"。在这种潜移默化的影响下，"分享"，也成了我们兄弟姐妹几个的"人生哲学"——独乐乐不如众乐乐，小至饮食，大至学习或是工作，我们总能通过分享而得着心灵至高无上的满足感。坦白地说，这种无私的心态，也着实使我们结交了不少"患难与共"的好朋友。

岁月如水，爸爸双鬓渐白，双足渐失力道，主炊已全无可能。于是，我常常为他烹调。不论多花时间、多花心思的菜肴，只要他开口，我便会去学、去煮。他大口大口地吃着时的开心神态，便是我最大最满的报偿了。爸爸遽然逝世前的那个小时，我还高高兴兴地为他烹煮他最喜欢的海参，他是在一大锅食物的香气里安详离去的。

爸爸去世后，我消沉而忧伤，炊具蒙尘，厨房清冷。我想，我永远也不要再煮了。可是，有一天，一位深懂人生哲理的朋友却对泪眼婆娑的我说了一句很奇怪的话："你要化干戈为玉帛。"原来他注意到我老是在和自己过不去，让内心黑色的忧伤好似张牙舞爪的恶兽般将我斗倒。他说："让炊烟再度飘香，那才是你对爸爸最大的敬重。"

我想，在天国的爸爸也许很怀念海参的味儿吧？这样想着时，我便从冰箱取出了那一包一包特地为爸爸发泡得结结实实、肥肥厚厚的海参……

爸爸，应该是比任何人更希望看到我的生活回到正轨的。

热水瓶

八岁那年，随同父母由怡保移居新加坡，家里的经济情况，只能用"捉襟见肘"四个字来形容。家里的东西，该有的，没有；已有的呢，陈旧。

一日，母亲兴致勃勃地买了一个崭新的热水瓶回来，瓶盖是白色的，瓶身呢，是亮丽的紫红色。

母亲向父亲形容这只热水瓶的功能时，声音快乐得像喜鹊：

"它贵在瓶胆，普通那种，保温十二小时，这种呢，足足可以耐上二十四小时哪！以后，夜半给阿帆泡奶，便不必手忙脚乱地煮水了！"

阿帆是我的小弟弟，当时才三个月大。

在家徒四壁的困窘里，这个新买的热水瓶，好似陋室里的一盏灯，静静地绽放着美丽的亮光。

次日一早，父亲外出工作，母亲到菜市买菜。我站在厨房里，愣愣地看着那只热水瓶，越看越喜欢，忍不住踮起脚，伸手把它拿下来，一心想看看里面的瓶胆和旧式那种有什么不同。热水瓶盛满了水，超乎想象地重，拿不稳，一失手，摔跌在地，"哐啷"一声巨响，瓶胆分崩离析，那种刺耳的碎裂声，好像天外无端端飞来的一只怪手，猛然将我的喉咙用力地掐住了，我双目鼓突如鱼眼，一颗心宛如失

实际上，犯错之后，如果尝试逃避责任、逃避责罚，那种永远难以释怀的沉重，才是对自己最大的惩罚。人生的道路走了很长很长，觉得最好的忏悔方式不是说「对不起」，而是永不再犯错。

控的鼓槌一样，在胸腔内乱捶乱击。双手颤抖地把那个外表看起来完好无损，内部却已碎不成形的热水瓶搁回桌上，颓然坐在地上，心，变成了一块浸满了水的海绵，转瞬间涨了好几十倍，我觉得呼吸变得十分困难。

我望着大门，想象着母亲从菜市回来后的千种情况。

说，还是不说？坦白承认，还是拼死抵赖？

怕着、怕着，母亲回来了。菜篮里一片"青白"，青的是豆类和菜蔬，白的则是肥肉和豆腐。她在厨房里忙着，我神经质地咬着指甲，瞪着热水瓶，心魂俱颤。只见母亲手脚利落地把东西整理好放进冰箱后，便到冲凉房去洗衣了。把一件件脏衣服扬开，放在硬硬的洗衣板上，刷、搓、洗，手势极重，我在狭窄的厨房里转来转去，心神恍惚，好似一只受伤的兽。

说，还是不说？坦白承认，还是拼死抵赖？

挣扎又挣扎，终于，下了决心，去"自首"。

我走到母亲身后，嗫嚅着开口了：

"妈，妈妈，我，我不小心打破了您昨天买的那只热水瓶。"

母亲转过身来，瞪着我，一脸难以置信的表情，她的声音里，有火也有冰：

"你讲什么？你打破了我新买的热水瓶？"

我点头，这时，一切的责罚，我都愿意承担；而最为奇怪的是：当我选择勇敢地面对自己的错误时，心里的恐惧，反而大大地减轻了。

实际上，犯错之后，如果尝试逃避责任、逃避责罚，那种永远难以释怀的沉重，才是对自己最大的惩罚。人生的道路走了很长很长，觉得最好的忏悔方式不是说"对不起"，而是永不再犯错。

手

"没有什么特别的感觉",却恰巧正是最熟悉、最自在、最舒服的感觉。

是被父母亲牵着手慢慢地长大的。

父亲的手,大而厚,像蒲葵扇,曾经看过抗日时期父亲身穿戎装手执短枪的照片;被这样一双正义凛然的手牵着,心里觉得很踏实、很安全。

母亲的手,细而长,柔软,像棉絮,后来,家事做多了,便有点粗糙,到了晚上,她会在掌心里放点油,慢慢地按摩,很努力地磨去随时会长出来的硬茧;被这样一双浸润着生活味道的手牵着,感觉很温馨、很舒服。

童年的我,一直以为被父母亲牵着手长大是理所当然的事情;成长以后,才了解纵使简单一如牵手,却也不是人人唾手可得的幸福。

最近,读邓明仪撰写的《人生如戏》,我便看到了香港电影导演张之亮在成长历程里不为人知的阴暗面。

这位曾经执导《中国最后一个太监》《墨攻》等优秀作品,并曾凭《飞越黄昏》和《笼民》荣获香港第九届与第十二届电影金像奖的著名导演,有着一个充满伤痛的童年。

母亲生下他后,不幸患上了产后忧郁症,婚姻破裂,父亲另娶。母亲住在家里一个环境极其恶劣的角落里,他一直不知真相,直至十三岁,生母辞世,父亲嘱他戴孝,他才惊悉家里长期好心收留的这位"陌生人",竟然是他的生母!

这件事,虽然与他的身世有着极其密切的关系,他却从来"不敢向父亲多问半句",因为他父亲是思想传统的人,只懂得辛苦工作以挑起养家的责任,但却不懂得如何做父亲,跟子女沟通有问题。他如此形容道:"他不会向孩子讲自己的感觉,也不会拖孩子的手,从小到大,我都一直在想象,假若父亲有一天主动拖着我的手,我相信自己一定会泣不成声的。"他进而表示,那种情景,他在梦里想过千回百遍,却只能将之呈现在电影里。

让父亲拖手。

这是一个多么平凡的愿望啊!

平凡,却又渴求不得,这样的愿望,便显得特别、特别地牵动人心。

张之亮刚开始工作时,父亲因胃溃疡而动大手术,麻醉药还未消退时,他替父亲擦脸,然后,偷偷握着父亲的手,他动情地说道:"那种怦然心动的感觉,一辈子都忘不了。"最近,他年过八旬的父亲患上了轻度的老年痴呆症,走不动了,张之亮买了一张轮椅给他,他说:"我终于可以拖着父亲的手,没有尴尬,没有别扭,毫无忌讳地共度亲密时光。"

这样的故事,读着,只觉悲伤。

手,是爱的桥梁,然而,许多时候,上下两代心里有爱,却不会或不肯亲昵地通过牵手来传递爱的语言。

牵手,对于恋爱中的男女来说,却又别具意义。当恋情处于萌芽的朦胧阶段时,双手互牵,能够带来触电似的震撼性效果。然而,结婚久了,那种感觉,却又遗憾地死去了。

听过一个小故事:在聚餐时,有人戏谑地说:"握着老婆的手,好像右手握着左手。"众人大笑,只有一个女人没有笑,她语调平静地说:"不管别的手如何让你神魂颠倒,它都不是你身体的一部分，它都可以被甩开，只有左手，甩了也就残缺了。"

在电影《一声叹息》中，片中主角分析妻子与情人间的差别时，说：

"晚上，当我睡觉时，握着妻子的手，就好像是握着自己的手，没有什么特别的感觉；可是，有一天，当我要把这只手锯掉时，就好像得锯掉自己的手，有剧痛的感觉。"

其实呀，"没有什么特别的感觉"，却恰巧正是最熟悉、最自在、最舒服的感觉。

上路的方式

当生命失去了该有的素质时，生命的价值便等于零。

姑母中风，瘫痪在床，颈部以下动弹不得。

六个儿女把犹如植物人般的老母亲接回家之后，便开始了漫长得无边无际而又痛苦得如坠地狱的日子。

姑母不能语言，也不能进食。赖以活命的，仅仅只是一根用以灌流质食物的细管。她心中的喜怒哀乐，完完全全无法渗入那张干瘪多皱一如胡桃的脸。除了微弱的呼吸之外，在她身上，已经找不到任何生命的迹象，实在地说，她比植物更像植物。

六个已经成家的儿女，轮流申请假期，照顾那瘦如柳条除了呼吸之外什么都没有的老妈妈。

姑母大部分时间和床褥一样安静，然而，她的内心是不是和她的外表一样平静呢？这是没有任何人可以解答的谜团，只是在她偶尔睁开的眸子里，可以看到一种放弃了一切的空洞，那种眼神，染着阴森的死亡气息，看起来十分阴沉。

日复一日，年复一年，她依然活在气若游丝中。事亲至孝的儿女，明明白白地知道母亲要走、想走、希望走，走到那个安恬的极乐世界去，但是，她走不了，那种无济于事的挣扎，使她灰黑色的影子看起来也充满了痛楚。

姑母在病榻上足足躺了长长的七年，才走的。

在葬礼上，她的六个儿女，个个看起来疲惫而苍老。

当生命失去了该有的素质时，生命的价值便等于零。

七叔中风，瘫痪在床，颈部以下动弹不得。

七叔一向是爸爸钟爱的小兄弟，他生病以前，爸爸每天都和他一起逛街。两个人年龄相加超过 130 岁，可是，活泼得像两个老不去的大顽童。爸爸说话幽默，而他，非常享受爸爸逗趣的语言，总是大声地笑，笑得石破天惊，草木晃动。两人又同是饕餮，山珍海错固然吃得津津有味，街边小食也嚼出百般滋味。

谁也想不到，健步如飞而声如洪钟的七叔，未届七十之龄，便突然中风。

我记得很清楚，那天中午，七叔兴致勃勃地到家里来，要偕爸爸出门去。爸爸沐浴更衣后，看到七叔坐在大厅里，头垂得很低很低，下巴几乎贴在前胸上。爸爸高兴地叫道："阿豪，快去穿鞋子，准备出门啦！"但是，七叔动也没动，爸爸连续唤了几声，他还是没有反应，走近一看，才知不妙，火速招来救护车。

从那一天开始，七叔便不曾离开过病榻，不曾。最让人揪心的是，他意识清醒，旁人所说的每一句话，他都听得见、听得懂，但自己却丧失了说话的能力。

爸爸每天都去探望他，每回在病榻旁一待便是两三个小时。为了替他打气，爸爸总不停地说着激励的话；为了替他排遣寂寞，爸爸总不厌其烦地告诉他远亲近亲的生活状况；为了逗他开心，爸爸总搜尽枯肠地说着各种诙谐有趣的话。尽管在说话时，爸爸的胸腔好似装置了一架绞肉机，一颗心被绞得支离破碎；可是，他还是强忍心中痛楚，装作若无其事地，不停地说，说呀说的。

爸爸还煞费苦心地想出了一个"双向沟通"的方法，他要求七叔以"眨眼"替代"点头"。第一年，七叔相信自己可以痊愈，所以，每回爸爸起劲地说着话时，他的眼睛也眨得十分热闹；当爸爸说笑话时，他也总咧着嘴，无声地笑。第二年，他清楚地知道痊愈无望，恹恹地失去了求生的意志和欲望，他希望走，他渴求走，但是，他走不了，所以，眼神变得阴沉忧郁。第三年，他彻底放弃希望，不论爸爸说什么，他都不肯再作出任何反应了，瘦瘦的眼窝像戳进了生锈的铁棒，每一寸目光，都是静静的愤怒。

七叔足足忍受了三年的煎熬才走。

如果"安乐死"是合法的，姑母和七叔便能在保持自我尊严的情况下早点脱离苦海，恬然上路。

实际上，"安乐死"指的就是一种让直属亲人"安心"而罹患重症者"乐意"的上路方式。

笑丧

说说多年前一桩让我刻骨铭心的往事。

那一年,我在云南园求学。外祖母猝然病逝的消息从怡保传过来时,我几乎可以听到自己心房碎裂的声音,在那汹汹地袭来的痛楚当中,有一种近乎绝望的愤怒。

是的,愤怒。

寒窗苦读数载,为的是能把原本横在天边的那一道七色的彩虹卷成手上的一筒璀璨,快快乐乐地献给多年以来一直把积极鼓励当作无言驱策的外祖母。呵,现在,还有短短的一个月,外祖母便可以穿上她亲手缝制的旗袍,亲眼看她至亲至爱的外孙女上台领取让她毕生引以为荣的大学文凭了,然而,然而啊,狰狞的死神竟不肯让她圆这个多年以来说了又说的梦!

亲戚朋友从各处赶了回去,涟涟的泪,是脸上永不干涸的河;心房承载不了的庞大悲伤,使人人变得心神恍惚。我坐在灵堂里,觉得自己透明也似的空,整个人处于冬眠的状态,除了棺木中躺着的那个人,四周仿佛只是一片广漠的空间。偶尔意识恢复,便强烈地感觉到蚀骨的悲伤像骤然涨起的潮水一般地流窜全身,那感觉,是那样地清晰而又那样地尖锐,竟像是假的。

火化之后,当天晚上,所有近亲聚集在祖屋里,话别。明天一早,大家各奔东西,再次晤面，也许是猴年马月的事了。十来个表兄弟姐妹坐在一起，默默无言；我心里很深很深的那个地方，又一丝一缕地痛了起来。这时，那位与外祖母感情特好的大表哥，突然开口了，说的是他工作场所的一桩令人喷饭的趣事，他绘声绘影，比手划脚，声音比平时夸张、手势比平时滑稽，大家突然笑了起来；接着，众人轮流说笑话，一个接一个地说，说完，哄堂；又再说，再笑；疯狂地笑着时，眼泪也糊里糊涂地狂流。这一天，我们亲爱的外祖母刚刚被送进焚化炉火化，而我们，在她灰烬犹温的当儿，猛说笑话，任何人都会把这当作是大逆不道、荒诞不经的行为，然而，我们心坎深处却清清楚楚地知道，外祖母要的，其实正是一个笑丧。深深地爱着我们每一个人的外祖母，只有在明白了我们不曾因为她的离去而全面崩溃，只有在明白了我们会让日子一如往昔地过下去，她才能走得更安心，也才能去得更安适。

尽管我们知道失去了外祖母的日子永永远远也不可能恢复旧貌，可是，我们亦知道，在外祖母活着时，我们每一个人都曾以不同的方式，把笑声串成珠链，把外祖母的生活装点得晶光灿烂，试想想，还有什么比这更重要的呢？

下篇

种一株
快乐
的树

ZHONG
YI
ZHU
KUAILE
DE
SHU

球

孩子在父母的眼中,永远是球。

小时候,孩子是水晶球,小心翼翼地捧在掌心里,手太松怕它掉落,手太紧又怕压碎它,二十四小时当它的守护神。年龄稍长,孩子是雪球,搓在手里,爱在心里,把它搓得结结实实、圆圆胖胖的,为它挡阳遮雨,永远把它放在最恰当的温度里,保存、保护;当阳光肆虐时,宁可自己化成地上的一摊水,也不愿雪球融掉一丁点儿。孩子入学后,又成了父母的橄榄球,就算自己跌得鼻青脸肿吧,还是紧紧地把橄榄球搂在怀里。等孩子成人后,当它是高尔夫球,为它做足一切准备工作,一球入杆,把它推到成功的最高峰。

许多孩子成长之后,亦把父母看成是球,不过,是截然不同的球。

当父母身体健壮或者有很好的经济能力时,他们视父母为篮球,你争我夺;当父母日益老迈而无法为他们当保姆或是失去了经济能力时,他们便当父母是排球,推来推去,体现了高度"礼让"的精神;等疾病缠上父母时,他们便把父母当足球了,踢得越远越好。最后,当父母成了升天的气球,他们才如释重负地松了一口大气。

然而,他们不知道,在他们身畔自小默默地承受无言身教的下一代,亦在静静苦练打排球和踢足球的技巧,一旦长大成人,便学以致用。

养分

傍晚时分，外出散步。微风轻拂，花香袭人。一所屋子，有稚嫩童音悠然飘出：

"排排坐，吃果果，你一个，我一个，妹妹睡了留一个。"

在围篱外惊喜地驻足，有一种恍恍惚惚、不知今夕是何夕的感觉。

在逐渐朦胧的意识中，有一幅图画清晰地浮出于记忆中。

图画里的两个小女孩，一个是我，一个是姐姐。我们齐齐坐在矮矮的板凳上，手里捧着盛满点心的小圆碗，津津有味地吃着。母亲坐在一旁，以含笑的眸子、柔婉的嗓子，轻声念着一首童诗："排排坐，吃果果，你一个，我一个，弟弟睡了留一个。"

胖胖的小男孩，这时正甜甜地在厚厚的床褥上沉沉地睡着。两个小女孩，在你一碗我一碗地吃得不亦乐乎时，知道纱网橱里还有一碗是留给弟弟的，心里觉得快乐而踏实；童年那一所简陋的屋子，也被温馨的亲情装点得异常华丽。

在那个朴实的年代里，父母亲不必板着面孔说教，但是，一般孩童却能从活泼可爱的童谣、别具意味的童诗以及其他民间流传的口头文学中，得到潜移默化的影响，从中建立起手足情深的伦常概念，也从而吸收到许多待人处世的可贵养分！

走笔至此,脑子里又响起了另外一首母亲常唱的童谣:"三轮车,跑得快,上面坐个老太太,要五毛,给一块,你说奇怪不奇怪!"

正是这个奇怪的老太太,教会了我们体恤出卖体力的劳动者。

牙医

小时候,住在三教九流麇集的大杂院。

有一名粗俗不堪的房客,老爱抠着鼻孔胡说八道。一日,和其他房客排队等着上公用厕所时,又听到他在胡诌:"我去拔牙,贪便宜,找了个江湖医生。他随便拿了一把钳子伸进我口里,使劲一拔,哎哟,这老家伙,居然把我的烂牙连同神经线全都狠狠地拔起了。我跟你们说呀,那种痛,真是比切断子孙根还要惨啊!"

这一番话,对于当年只有八岁的我来说,简直就像是用烧红的铁棒硬生生地烙到心上去的。从此,牙痛也好,牙烂也罢,硬是不肯求医,平白无故吃了许多不必要的苦头。

一回,实在痛得熬不住了,才在朋友的大力推荐下,抱着上刑场的心情,找了一位信誉卓著的牙医。一检验,居然有八颗牙齿住了胆大包天的蛀虫。

四十来岁的牙医见我脸色发青,温和地说:"别怕,我七岁便看我父亲为人治牙,已经累积了四十年的经验。我向你保证,绝对不会出问题!"

他以先进的仪器,灵巧的手势,将牙齿的窟窿一个一个快速补平,我想象中千百种让人吓破胆的事,完全没有发生,甚至,我连一丝半点痛楚也感受不到,一切便"雨过天晴"了。唉,我居然愚蠢地让童稚时期那块无知的乌云密密地罩在头顶长达十年！

　　这位牙医，多年以来，曾四度迁徙，而我，随君走天涯，一味跟到底。他给我的信心，犹如一颗"无形的镇静药"，不但铲除了我不正确的观念，而且，还使我快乐地养成了定期检查牙齿的好习惯。

　　现在，当上老师，我亦希望我是学生的一颗"无形的镇静药"。

音符

那一年，通过报上广告给六岁的女儿找来了一位钢琴老师。

是个初出茅庐的少女，刚读完初级学院，想赚点学费上大学。个子瘦小，惜语如金。如果说女儿是马，她便是一个蹩脚的驯马师。家里，常常出现这样的局面：她沉着脸，瞪着眼，看女儿以指头不听指挥地在琴键上盲目地制造噪音，这些噪音，满满地裹着一份不愿学习的怒气。

数月后，女儿流着眼泪要求停学。

停了半年后，我经朋友介绍，找了一个桃李满天下的资深老师。

女儿上门去学，当天回家，弯弯的眉眼全是盈盈的笑意，一入门，便复述老师的故事：

"有个贼，进了别人的屋子，看到两个人在练琴，立刻便退了出来，不要作案了，因为他说那户人家很穷，穷得必须两个人共弹一架钢琴。妈妈，您看，那贼多笨！"

从此，去学琴时，女儿总欢天喜地，因为钢琴老师会说很多很好听的故事；而回家练琴时，从琴键里飞出来的音符，也饱饱地蕴含着笑意，就好似从一排排白白的牙齿里吐出来的一串串银铃般的笑声。

懂得对症下药的农夫，往往可以让贫瘠的大地长出丰美的果子。

图画

> 天赋，仅仅只是未经开垦的良田，缺乏了辛勤的耕耘，稻穗不会永远酝酿出万里的金黄。要使稻香飘送如昔，除了努力，依然还得努力。

女儿读小学时，醉心于绘画。

勤于练习，加上有几分潜能，在班上，美术这一科，是佼佼者；尽管老师打分颇严，但是，她的每一份作业，都能取得甲等成绩。老师还时常将她的图画当作模范作业，让同学传阅。

一日，回家来，悒悒不乐。问起缘由，她嘟着嘴，气鼓鼓地表示，刚发的美术卷子，被老师批了个"丁"。

噫，这可是"史无前例"的事，吃惊之余，向她讨卷子来看。一看，便哑然失笑，那真是一幅惨不忍睹的作品——题目是"农历新年"，画了一堆人在吃晚餐，构思伧俗、线条粗劣、上色不均。

她老实招供："老师给我们三天完成，可我忘了做，最后一分钟想起，匆匆画成的。"说毕，却又心有不甘地补充道："老师整天称赞我，我还以为她特别喜欢我的作品，一定会给我甲的。"

我吃惊地发现：她的信心已不正常地膨胀了。

衷心感谢那位老师，以公正的评分标准给我亲爱的女儿上了人生宝贵的一课。

天赋，仅仅只是未经开垦的良田，缺乏了辛勤的耕耘，稻穗不会永远酝酿出万里的金黄。要使稻香飘送如昔，除了努力，依然还得努力。

在成功这一码事上，奇迹永不出现，永不！

性格穷

> 就算你拥有了全世界的财富,可是,如果你性格上布满了窟窿,那么,从另一个角度来看,你依然还是穷得一无所有!

十二岁的儿子和十岁的女儿因事起争执,把语言变成刀化成剑,你来我往地斗得好不热闹。慢慢地,越斗越凶,恶言相向。

儿子骂女儿:

"你头上顶着的,是豆脑,不是头脑。脑小如豆,根本没法子思考!"

女儿反唇相讥:

"你骂我什么,你便是什么!"

儿子气极,搬出"半通不通"的逻辑学:

"以后,如果我当上百万富翁,骂你穷光蛋,难道我就会真的像你一样变成穷光蛋吗?"

女儿不急不缓地应:

"你如果是百万富翁而你出口伤人,那么,你的确就是个穷光蛋。不是你口袋里没有钱,而是你的性格穷!"

啊,性格穷!

一直"隔岸观火"的我,暗暗拍案叫绝。

无忌的童言,竟然不可思议地充满了令人激赏的哲理。

是的是的,就算你拥有了全世界的财富,可是,如果你性格上布满了窟窿,那么,从另一个角度来看,你依然还是穷得一无所有!

盲点

十岁的女儿，向我讨了几十个红包封套，拿了剪刀和糨糊，埋头苦干。

一小时后，做成了一盏古色古香的吊灯，拿来给我看。

一看便喜欢，觉得很有创意。那灯，是菱形的，玲珑可爱，封口处衔接得很好，显得很结实。红封套上的"福"字，金光闪烁，喜气洋洋。

赞不绝口，可是，女儿却一脸沮丧地问我："还有红封套吗？我想重做。"

我讶异地问她："做得这么美，干吗还要重做呢？"

她直言不讳："不管我做的是什么，您都说美！这盏灯，明明是做坏了呀！您看，左右两边不平衡，每个福字又颠来倒去，多难看！"

寥寥数语，醍醐灌顶。

亲情之爱，使许多人在看事情时，失去了冷静与客观，不自觉地生出了犹如"白内障"一般的"盲点"。偏偏被评者也看不清这样的形势，往往过高地评估了自己的力量，跌倒了，不去责怪自己走路不小心，反而归咎道路铺得不平坦。

现在，看着眼前这个要求重做吊灯的小女孩，忽然觉得很欣慰——不为"盲点"所困的人，以后，便能把自己提升到"众人皆醉我独醒"的崇高境界中。

金子

女儿和朋友苏珊约好了下午两点在荷兰村晤面。

到了两点正,竟然还看到她穿着睡衣躺在床上听音乐。

"怎么啦?"我问,"约会取消了啊?"

"照旧啊!"她懒洋洋地应,"苏珊约会老是迟到,短则半小时,长则一小时。今天,我要以彼之道还施彼身,让她试试等人的滋味。"

尽管不同意女儿的做法,可是,女儿一心认定,让屡劝不听而"病入膏肓"的苏珊服服这一帖"苦口良药",也许能奏上奇效。

那一天,女儿赴约足足迟了一个多小时。

晚上回家,我问她:"苏珊有发脾气吗?"

女儿"理不直而气极壮"地应道:"她哪敢!每次约会都迟到!我呢,才破天荒第一遭呢!"

是的,理亏的一方,永远没有与人理论的资格。问题是:苏珊是不是已从这事得到应有的"教训"了呢?

隔了一段时间,问起,女儿意兴阑珊地说:"她啊,积重难返啦!"

现在,为了避免浪费无谓的时间,大家都不再约她出门了。

苏珊这女子,不明白"一寸光阴一寸金"的道理,老是拼命地往别人的"口袋"里掏"金子",掏呀掏的,终于,杀鸡取卵,"坐吃山空"了!

揠苗助长

上一代自以为是的批评，不但是打击信心的毒药，也是揠苗助长的行为哪！

我家老二，自小好吃。负笈美国四年，利用余暇练就了一手好厨艺。

一日，毛遂自荐："妈妈，今晚，我下厨。"

我漾出了一脸幸福的笑意，问道："你打算煮些什么呢？"

他胸有成竹，飞快地应："川椒牛肉、蚝油芥蓝、鸡扒。"

我又问："怎么煮啊？"

他意兴勃勃而又条理分明地说道："牛肉切成薄片，在油里炸香，再用辣椒干翻炒。芥蓝烫熟，淋上蚝油和鱼露。鸡扒以白兰地、盐、糖、麻油腌过，在锅里煎香。"

我和外子一听，立刻你一言我一语地提出了彼此的看法。

我说："牛肉又炸又炒的，油淋淋，哪会好吃！"

外子说："鱼露咸，蚝油也咸，调料应该只选用一样！"

我接着说："鸡肉用烈酒来腌，怕有苦味，应该用绍兴酒。"

外子又说："与其用辣椒干来炒牛肉，不如改用豆瓣酱，比较香；还有……"

话还没说完，老二脸上的笑意一股脑儿全都飞走了，他意兴索然地说："我不煮啦，你们爱煮啥便煮啥吧！"

说毕，站起身来，黯然地走掉了。

我和外子，面面相觑。

原本可以舒舒服服地坐享其成，没有想到竟然一场欢喜一场空！

我俩实在错得一塌糊涂。

孩子倘若要绘图，为人父母的，不该老是以自己心中既定的图画去限制他、影响他、控制他，甚至，要他依样画葫芦。给他笔，给他纸，然后，退居一旁，给他自由，给他空间，让他自行选用颜料，绘出属于自己的五彩天空。那画，也许不很理想、不很完美，但是，肯定有创意。

上一代自以为是的批评，不但是打击信心的毒药，也是揠苗助长的行为哪！

快乐笛声

> 听海的人知道,海浪到底是在悲泣,抑或是在欢呼,全由心境定。

一位年轻的母亲,带她三岁的儿子外出散步时,给他买了一筒他最爱的蛋卷冰淇淋。孩子欢天喜地,蹦蹦跳跳,边舔边吃,然而,一个不小心,圆圆大大的冰淇淋整个从蛋卷上掉了下来。孩子气急败坏,号啕大哭。母亲稍稍犹豫了一下,便生出了应付的法子,只见她不慌不忙地脱下了鞋子,以脚板轻轻地触了触地上的冰淇淋,露出了兴奋莫名的表情,对着孩子喊道:"哇,好冷,好滑,好好玩啊!宝贝,你也来试一试!"孩子的注意力被转移了,他模仿母亲,速速脱下了鞋子,在冰淇淋上面又踏又跳,那冰冷的触觉使他发出了又惊又喜的喊声,眼泪还挂在脸上,可是,笑容却灿烂得连阳光也晃动。

这母亲,明智、机智、睿智。

她未雨绸缪,在艳阳高照时,便小心而又细心地为她的孩子准备挡风遮雨的大伞。

长长的一生,处处有荆棘、时时有险境;大环境有大环境的不快乐,小环境有小环境的不如意,挫折、打击,更是无时不有。以泪洗面是雪上加霜,坐困愁城又无济于事;淡然处之固然是明智之举,然而,上上之策却是化悲愤为力量。倘若人为的力量无法扭转乾坤,那么,智者当会设法站在一个全新的角度来看待与处理这件原本带给他极大不快的事,把自己从痛苦的桎梏里释放出来。

听海的人知道，海浪到底是在欢呼抑或是在悲泣，全由心境定。

　　且听听这一则富于寓意的故事。

　　一位父亲带着他八岁的儿子到深山去玩。儿子不慎跌倒，疼得大喊："哎哟！"令他惊讶不已的是：他听到一个一模一样的声音从山中某处传出来，他迷惑地问道："你是谁？"山里又传来了完全相同的回答，他生气了，大吼道："你是鬼！"结果，同样的声音又在山谷里回荡。他气闷至极，要求父亲解释，父亲温和地说："孩子，你注意听。"说毕，深深地吸了一口气，大声喊道："我钦佩你！"同样的声音又传来了；接着，他又喊了声"你是冠军"，声音也回报以"你是冠军"。小男孩困惑地看着父亲，于是父亲牵起他的小手，不疾不徐地对他说道："孩子，一般人称这是回音，但实际上这就是生命——我们的生命就是很简单的回应。"

　　这父亲，理智、理性、理直。

　　他让他亲爱的孩子明白，要听到快乐的笛声，首先，便得自己谱出一支快乐的曲子，当欢乐的音符在空中飞扬时，当会引出更多快乐的吹笛人。

发光体

> 唯有真正乐业的人，才能成为一个恒远的「发光体」。

多年前，当我在悉尼认识培利文时，他是澳大利亚一家建筑公司的总裁，他的夫人珍妮花则在一间产业公司当法律顾问，两人都是社会公认的成功人士。

最近，夫妻两人到新加坡来，约我和詹晤面。倾谈之下，才惊异万分地发现，两人的生活与职业都有了翻天覆地的变化。

珍妮花以一种洞悉人生的睿智说道：

"过去，在学校考取了出类拔萃的成绩，父母认为我该读法律，我也就乖乖地进了法律系，糊里糊涂地过了半生岁月。午夜梦回，扪心自问，我年已半百，再不顺遂心意好好活活，更待何时！"

珍妮花的母亲是匈牙利人，特爱烹饪，珍妮花整个成长岁月都是浸在食物勾魂的香味里的；开餐馆，早已成了她潜意识里一个强烈得无法抗拒的愿望了。去年，在距离悉尼大约30里的地方盘下了一间小餐馆，专售匈牙利风味小食。

培利文呢，一直喜欢学术研究，然而，开设了公司后，没日没夜地忙得晕头转向，成功的事业和奢华的生活依然盖不住他内心那一个渴求的呼唤，于是，在孩子相继长大之后，他将公司转售了，去大学当上了梦寐以求的讲师。这回到新加坡来，就是应聘来讲学的。

他们的三个女儿，全都没有念大学，一个

当专业摄影员，一个在演艺圈当演员，一个在出版社当卡片设计员。

珍妮花半带无奈地说道：

"许多人，一听到她们的职业，便露出遗憾的神情，问：你们俩都是专业人士，怎么没有让孩子读大学呢？问题是：我要她们有个快乐的人生，所以，从小便鼓励她们朝自己的兴趣发展，我要她们主宰自己的人生，自行负责地选择一条无憾的道路。她们如果想要念书，我把她们念博士学位的学费都准备好了；然而，她们三个人都有不同的艺术倾向，我当然就尊重她们的意愿，让她们顺着自己的艺术潜能发展。现在，她们都活得快乐自在，静静在自己的工作范畴里绽放光芒。"

肃然起敬。

唯有真正乐业的人，才能成为一个恒远的"发光体"。

遗憾的是：许多人总为了世俗的眼光，把自己塞在一个"名和利"的特制模子里，悒悒不乐地过完"来去匆匆"的一生；明知不快乐，却依然将社会的价值观硬硬套在下一辈的身上，像培利文和珍妮花这样率性而为的人，凤毛麟角。

和气球说再见

在一个充满了爆炸性热闹的义卖会上,有位母亲,给她三岁的孩子买了一个五彩缤纷的气球。孩子欢天喜地地抓着系在气球上那根细细的线,一蹦一跳地走着、走着,不知怎的,一个不慎,五指一松,气球脱手而出,速速投奔自由。

孩子初而惊愕,再而难受,五官被骤然侵袭的悲伤挤得走了位,眼看泪水即将泛滥,他那明理而聪慧的母亲,却适时地蹲了下来,以一种充满了音乐感的愉快声调大声说道:"瞧,宝贝,气球的妈妈呼唤它回家吃饭了,你还不快点和它说再见!"小孩听在耳里,觉得新鲜而有趣,一时竟忘了悲伤,举起胖胖的小手,向着冉冉升天的气球,大声喊道:"再见,再见!"湿湿的眸子,闪着亮亮的笑意。

把这一幕静静收诸眼底的我,心里涌满了感动。

这位母亲,不但有"化险为夷"的急智,而且,最为重要的,她以一种潜移默化的方式把一种健全的人生观灌输给她亲爱的孩子。怀里的牛奶钵跌碎在地,对着泼洒一地的牛奶痛哭流涕,又于事何补呢?

实际上,生活里发生的任何一件小事,如果处理不当,都会产生潜在性的恶性影响。

气球飞走的那一刹那,如果她说:"孩子别哭,我给你再买一个。"孩子无意中便会得着一个错误的信息：自己犯了错，大人会承担、会补偿，从此也许便会养成一种依赖的心理。如果她骂："哎呀，你真笨！连个小小的气球也抓不住！"孩子可能便会对自己失了信心，阴阴悒悒地形成自卑的心态。如果她叹息："卖气球的人已经走掉了，妈妈没办法给你再买啦！"孩子日后碰到困难，或许便会同样地产生这种束手无策的沮丧感。

然而，上述母亲却以充满创意的思维方式，引开了孩子的注意力，在云淡风轻地化解了他悲伤情绪的同时，也大大地开拓了他的想象力，而且，还聪明地传达了一种"天伦至乐"的美好信息——瞧，时间到了，妈妈唤它回家吃饭，它就快快乐乐地回家去了！

为这母亲的表现而击掌赞赏。

我个人觉得，把荆棘满布的逆境当作是一种"迎接挑战"的自我考验，还不能算是人生至高的境界，倘若那个处于逆境中的人能以豁达的态度将眼前的失意转化为未来发展的潜在动力而心平气和地接受它，甚至，随机应变地把它转化成有利于自己的契机，那才是上上之境哪！

孝而不顺

身为父母的,在向儿女灌输敬老爱老的孝道精神时,不应该要儿女事事时时处处顺遂自己的心意,做出有违他们心愿的选择。孝和顺,是两码不同的事。

那英在一次电视访问里谈她的好友王菲时,用了一个振聋发聩的形容:

"她是一个孝而不顺的孩子。"

好个"孝而不顺"!

根据中国长久以来的传统,"孝道"的要素便是"千依百顺地俯首称是"。为人儿女的,为求尽孝,纵然觉得父母的要求或做法不近情理或是有违自己内心的愿望,都不敢有丝毫的拂逆;有时,当父母的要求超出了自己的能力,或者,做法逾越了自己的忍耐力,悲剧便因此而产生了。

过去,在我执教的中学里,便发生过两起人为的悲剧。

甲是名女生,母亲早逝,父亲一手将她抚养成人,她资质平平,对读书没有兴趣,独独精于手工。针织的两根棒子到了她手里,立刻便有了出神入化的生命力,她手艺虽好,读书却不行。父亲一心盼望她能入读大学,可是,他却忽略了她的资质与性向;而她呢,深爱她父亲,明知道自己不行,却为了尽孝而硬撑。当我发现她承受不了功课的压力而精神近于崩溃时,曾多次约见她父亲,请求他考虑她的精神状况而让她停学,他执意不肯,口口声声说他已为她准备好上大学的钱,在他的观念里,万般皆下品,唯有读书高。终于,在大考的前夕,她从二十层楼高的家里跃下,以她的生命默默地让父亲聆听她心里的声音——她孝而不"顺",不是不愿,而是无能"依顺"啊!

乙是位男生,沉默寡言,循规蹈矩,是老师眼中的乖学生。他母亲爱子心切,时常有事没事地到学校来查询他的行为,而这,使他成了同学口中的笑柄。他非常地不快乐,但是,传统的孝道好似一道沉重的枷锁——孝顺孝顺,要尽孝也就得依顺,他不敢对母亲的做法提出异议,但是,内心累积的不快乐,使他成了一座蓄势待发的火山。

终于,那一天,当他母亲接获一通女同学拨来的电话而恫言要到学校去查问他的交友情况时,他悲伤难抑地喊道:"你去你去,你一去,我就死给你看!"母亲头也不回地说:"我现在就去。"就在母亲弯下身去穿鞋子时,他猛地一撑、一攀、一跃,瘦瘦长长的身体,就好像一片薄薄扁扁的落叶,从十八层楼高的地方悠悠忽忽地飘了下去。这位十七岁的少年,以他的生命向他的母亲发出无言的呐喊:他孝而不顺,只因为长期不合情理的依顺让他活得太累、太累了啊!

身为父母的,在向儿女灌输敬老爱老的孝道精神时,不应该要儿女事事时时处处顺遂自己的心意,做出有违他们心愿的选择。孝和顺,是两码不同的事。实际上,在儿女尽孝的当儿,父母也应该顺顺他们的心意,尊重他们的意愿,聆听他们的心声。

有花堪折直须折

【有花堪折直须折，莫待无花空折枝】，鲜丽的花儿不会永远伫立在枝头上等着心血来潮的采花人。所以嘛，该说的话、想说的话，抓紧时机说，千万不要等到对方听不见而又见不着时，才以一无是处的眼泪悲悲切切地把悼文里的字字句句浸得浮浮肿肿的……

一位身当壮年的教师，因病暴毙。事出猝然，学生悲伤难抑，自动自发地写了悼文，借以舒缓心中凝结成块的伤痛。文章里，除了泉涌的泪，还有流泻的情。老师生前说过的许多话，曾经深深地启发了他们，现在，他们一句句地通过笔杆复述出来；老师生前做过的许多事，曾经深深地触动了他们，如今，他们一桩桩地通过记忆书写出来。由于情真、意切，在阅读着时，可以深深地感受到一颗颗悸动的心因哭泣而颤抖；而我，在感动之余，却也生出了不少感触。

悼文里这些真真实实地从肺腑流出来的话，是那位老师该听而又愿听的，可悲复可叹的是："入土为安"的他，竟永永远远也听不到了。

尽管混浊的世道里飞满了各种阴毒的暗箭和恶毒的冷箭，可是，依然还是有许多心地善良而又秉性公正的人，常常以语言缀成鲜丽的花串，悄悄地挂到他人的脖子上。由于这些赞美的语言是在"主角"缺席的情形下"散播"的，当然具有一定的真实性。有时，谈论的课题，也许是一篇出色的文章、一件值得称颂的事情、一个成功举办的宴会、一场令人受惠不浅的演讲；或者，谈甲出色的工作表现、乙解困释难的能力、丙应对得宜的急智、丁饱读诗书的渊博、子乐善好施的慷慨、丑路见不平的义气、寅井井有条的行事方式、卯头头是道的分析能力……言者语调诚恳，听者频频点头；现场气氛，一片祥和，说不出的温馨和谐。

然而，观众鼓掌而主角缺席，多少有点遗憾，所以，只要有适当的机会，我一定会将这些具有正面意义及鼓舞作用的"口头舆论"转告有关人士。对方双目绽放的亮光，总让我联想起世上许多美好的东西，诸如花瓣、星星、浪涛等等。

最近，我所任教的初级学院推行了一项意义深长而又满溢趣味的活动——校方将一部厚厚的空白册子放在办公室内，鼓励所有的教师通过笔墨坦白地说出自己内心的感激与感动。结果，仅仅短短几天，册子里便记载了许多发生在学院之内原本不为人知的"好人好事"，一则一则地读着时，无限温暖上心头，啊，小小的世界，原来美丽如斯！

"有花堪折直须折，莫待无花空折枝"，鲜丽的花儿不会永远伫立在枝头上等着心血来潮的采花人。所以嘛，该说的话、想说的话，抓紧时机说，千万不要等到对方听不见而又见不着时，才以一无是处的眼泪悲悲切切地把悼文里的字字句句浸得浮浮肿肿的……

心理灵药

语言，还是上好的「心理灵药」呢！善用它，威力无穷哪！

在台湾杂志上读及这则小故事，觉得所有的灵魂工程师都应该好好地咀嚼、思考、反刍。

两位同样是小学三年级的学生，各自在一篇题名为"我的志愿"的作文中不约而同地写出了想要当小丑的志愿。批阅后，老师甲厉声呵斥道："胸无大志，孺子不可教也！"从此，这名学生见到老师便藏头缩尾的，仿佛做了些什么不可告人的事，直不起腰、抬不起头来。

老师乙呢，以充满鼓励性的语调说道："愿你把欢笑带给全世界！"这位得着鼓励的学生，自此笑口常开，成了班上备受欢迎的人物。

身为教师的人，常常在不知不觉间为自己的盲点和成见所围，一成不变地以社会约定俗成的价值观来审视与批判学生的想法和看法，最为危险的是：主观而固执地将成功的定义作了极端狭窄的界定，并进一步以充满打击性的语言任意践踏幼小心田里初冒的嫩芽。

实际上，我们应该尊重每一个人独特的意愿，以更辽阔的视野和更宽容的心态来接受多元化的看法——三百六十行，行行出状元嘛！最重要的是：我们应该时时以积极性的语言来肯定他人，刻刻将希望的曙光带进他人的心扉里。

每一位教师舌头底下都藏着一种秘密武

器，有人的武器是"匕首"，一张口，一把把寒光闪闪的匕首便激射而出，不论忠奸智愚，全被刺得遍体鳞伤，血迹斑斑；而他呢，就在别人那种战战兢兢的恐惧中，把自己可怜的权威建立起来。有些敬业乐业的教师呢，恒远在舌头底下藏着一阕阕温馨的乐曲，随时随地为有各种不同需要的学生播放；表现突出者，从中得到激励而努力更上一层楼，失败沮丧者，从中得着安慰而设法东山再起。

　　了解了语言所带来的杀伤力和亲和力，为人师表者，应该慎于言，绝对不要以一己狭隘的价值观随随便便地出口伤人；反之，我们应该时时处处利用语言的优势来扭转既成的劣势。

　　最近，在《读者文摘》里读及一则富于生活气息的小故事，十分有趣，引此作结。作者是加拿大的刘慧影，她在文中指出，每次打雷闪电，幼子总是怕得要命，有一回，天真烂漫的长子对他说道："其实啊，闪电是雷公在拍照，打雷呢，是雷公在打鼓，没啥可怕的！"这时，次子又插口说道："还有哪，下雨是雷公在洗澡，下雪则是雷公梳头洒下了头皮。"一番妙趣横生的童言稚语，居然彻底消除了幼子对雷雨电的莫名恐惧。

　　瞧，语言，还是上好的"心理灵药"呢！善用它，威力无穷哪！

无中生有

这一天，先驱初级学院善说故事的郭毓川院长又对学生说了一个富于启发性的寓言。

一名卖帽者在树下睡着，准备售卖的帽子全被猴子偷走了。有人告诉他，要取回帽子其实并不很难，因为猴子喜欢模仿，他只要在那群猴子面前把帽子摘下，丢在地上，猴子便会群起模仿，那么，帽子也就会失而复得了。他依言做了，猴子果然纷纷学他把帽子丢在地上。多年过去之后，这人的孙子又重蹈覆辙，在树下睡去而被众猴把帽子悉数偷掉。他想起祖父的教诲，如法炮制，把帽子丢在地上，岂知帽子才落地，一只猴子便敏捷地从树上飞蹿下来，狠狠地刮了他一记耳光，叱道："你以为只有你有祖父吗？我也有哇！"

不问缘由地一味盲从，是一切失败的根源；而多年如一日地依样画葫芦，不追随时代的变化而做出相应的改革，一定会成为最先被社会所淘汰的人。

且读读以下这故事。

一名小女孩，好奇地问妈妈："为什么你每次煎鱼都把鱼头和鱼尾切下来，另外煎呢？"妈妈这下可被问傻了，她说："从小就看到你的外婆这么做嘛！"事后问起她母亲，才知道过去家里锅子小，整条鱼无法放入，只好把鱼的头和尾切下来，分开煎。

这妇人，不探究原因，便一味死跟，愚不

可及。可怕的是：蠢了多年，还不自知！

最近几年，整个新加坡社会喧喧嚷嚷地都在谈创意、创意、创意。然而，据我观察，多年以来的填鸭式教育，已在很大的程度上将一部分学子塑造成"人云亦云，亦步亦趋"的"机械人"了。

一位在中学教数学的朋友，有一回在一本分析十年会考考题的参考书里，发现了解题者给某个题目提供了错误的答案。他没作修正，但却告诉学生，他将会以那一部参考书作为某次测验的"蓝本"。于是，这些信奉"分数主义"的学生，便"忠心不二"地抱书苦读。朋友刻意将那个提供了错误答案的考题列为其中一道测验题，万万没有想到，那一群被视为天资聪颖的学生，居然照单全收地把错误原封不动地搬到考卷上！这充分地证明了许多学生在读书时，根本没有抱着科学化的质疑精神，只是盲目地死记，一成不变地硬搬，这样的学习方式，不但呆板，而且危险！

在引导学生走向创意思维之际，我们首先必须为他们积极地培养置疑的能力，事事、时时穷根究底，把"置疑"和"发问"变为学习的基本文化，则学生才能举一反三，进而"小事变大，大事变无穷"，以"有限"衍生"无限"，从而达到做学问的最高境界——无中生有，自创一套；而这，也正是郭毓川院长一再向全院师生强调的办学原则。

模子与镜子

为人父母者,为人师表者,谨记:在为下一代铸造人格的模子时,先把自己放进模子里。当然,还得带面镜子,时时用来照自己。

一位学生以"我最难忘的一个人"为题,洋洋洒洒地写了数百字,抒发了他对一位中学老师强烈的怀念。文章的内容非常简单,但却有引人深思处。

文中有一段如此写道:

"身为班长,时时刻刻都必须为不同的老师服务,每回老师叫我做事,总是理所当然地用着命令的口气,然而,戴老师不同,截然不同。不论嘱我做什么,她总是很有礼貌地用上一些令人十分舒服的字眼,诸如'麻烦你''请你''谢谢你';有时,她忘了把红笔带来课室,总是先征求我的同意,才借过去用,不像其他老师,大大咧咧地把手伸往我的铅笔盒,拿了便用。记得有一次,她因事迟来课室十来分钟,居然一再向我们道歉。我觉得戴老师身体力行地为'修养'一词做出了圆满的诠释……"

身为长辈的我们,时常通过言教的方式将价值观灌输给年轻的一代,然而,我们往往忘了,许多时候,身教重于言教。

我个人把礼貌的熏陶当作主要的家教项目。有一回,嘱初上中学的女儿给我倒茶,她把茶捧来后,我几口喝光,随手把杯子搁在茶几上,双目又回返书本上。半晌,惊觉她还站在身边,抬头看她,却看到了一张不甘心、不平衡、不服气的脸。开口时,语气很不乐意:

"妈妈，您整天教我们要以礼待人，为什么我为您倒茶奉茶，您却连一句谢谢也不说？"一听这话，双颊立刻像被开水烫着般，热辣辣地发痛。

许多人都在自己不觉察的情况下有着双重的标准，只许官家放火，不许百姓点灯。权威、地位、年龄等等，都是使用双重标准的"盾牌"。也有许多人，随身携带一面镜子，专门用来照别人的缺点、瑕疵、错误，但却忘了，出现在镜子里的，往往是自己的脸。

转述一个异国的小故事。

法国北部一个小镇，有位面包师傅常到隔壁农场买牛油，然而，每回买两公斤重的牛油，回来一称，都发现斤两不足，事情一再发生，他终于忍无可忍，将牛场主人揪送法办。牛场主人理直气壮地说："我长久以来，都是向面包师傅采购面包的，当他遣人来农场买牛油时，我为了省事，便利用我向他买的两公斤重的面包当作砝码，秤出等重的牛油回卖给他。现在，他又有什么理由说我欺骗他！"

以彼之道还施彼身，对方才能在切肤之痛里汲取宝贵的人生教训。

为人父母者、为人师表者，谨记：在为下一代铸造人格的模子时，先把自己放进模子里。当然，还得带面镜子，时时用来照自己。

力量

只要心中有爱，便能生出化腐朽为神奇的力量。

女儿不喜欢缝纫。那天，把家政老师规定的作业带回家做，一边不情不愿地缝着，一边嘟嘟囔囔地埋怨。结果呢，缝成的那方手帕，缝工惊人地拙劣，手帕边缘，针脚长短不齐，粗线细线胡乱纠缠；绣上的花卉，浓浓一团，远看似雾，近观像球，沉重呆滞，灵气全无。

几个月后，大姨送美国歌坛巨星迈克·杰克逊的传记给她作为生日礼物，她爱入心坎，站着读、坐着读、躺着读；书的一角，由于接触频繁而微微地卷了起来，她心痛之余，决定亲自动手为这书做一个布质封套。

买了粗针细针、五彩绒线、麻质白布，兴致勃勃地"大兴土木"。

以铅笔在麻质白布上画了草图，她心无旁骛地缝了起来。

母女共处一室时，我看书，她缝织，偶尔偷眼觑她，总见她嘴角含笑，一副兴味盎然的样子。针起针落，线来线去，轮廓起初模糊可见，渐渐的，愈来愈清晰、愈来愈鲜明；她脸上的笑意，当然也愈荡愈灿烂了。

若干日后，完工。拿给我看，惊艳。

几个五彩缤纷的英文字母，绣得结结实实，封套的边缘，针脚密密齐齐；封套上的那个人物肖像,虽然绣得貌不似神不像,却也活灵活现。拿这封套和先前她缝的那条手帕相比,不啻有云泥之别。

只要心中有爱,便能生出化腐朽为神奇的力量。

种一株快乐的树

一点儿也没错，阅读即游戏，游戏即阅读。懂得其中精髓者，必定能够拥有比他人更丰富、更精彩、更值得留恋的人生。

接读女儿远方来函，有一段话，深深地说到我心坎里去了：

"初到伦敦的那些日子，目迷五色，课余之暇，老往歌剧院和电影院跑，把课外书籍彻底冷落了。我忘了自己对阅读曾经是多么地狂热，也忘了我曾经从阅读当中汲取过那么、那么丰富的精神养分。这几天，重拾旧欢，到书店去逛，哎呀，那种一边选书一边漫读的感觉，就只有两个字可以形容：痛快！听歌剧和看电影，虽然也非常享受，但是，我觉得那是纯感官的，至于阅读，那是属于思维层次的，也是一种让人终生上瘾的活动……"

痛快。嘿，痛快！

我亲爱的女儿一语中的地以"痛快"这短短两个字说出了阅读无可抵挡的大魅力。

我的三个孩子，都喜欢阅读。可是，在他们成长的整个过程中，我从来不曾以任何冠冕堂皇的理由强逼他们阅读。

我常逛书局，一逛便是长长的一天。每回逛书局时，我总把他们带在身畔，我读，他们也读。我心无旁骛的全神贯注，双目含笑的欢喜惬意，为他们就"阅读"二字做了一个无声的、最好的诠释。我们先而站着看，看累了，便坐在地上看。各人在书籍里寻找自己心中的大宝藏。选到了心爱的书，不论多少本，也不管多少钱，我都会悉数为他们买下来。母子四人提着、捧着、抱着大包小包的书籍走向停车场时，心里满满满满地充塞着一种随时都会汩汩汩汩地流出来的快乐，一种有声音有色彩有亮光的快乐。

积少成多，慢慢地，孩子们都有了独独属于自己的小书库，感觉像个白手起家的小富翁。

岁月无声地流走，孩子逐渐成长。为了求学，天各一方。然而，不论身在何处，书籍永远是他们的良伴。多年以来永不间歇的阅读，不但使他们在语言表达上掌握了无往不利的能力，而且，也使他们对于是非观念有了比旁人更为敏锐的分辨能力，这对于远离家门而没有"守护天使"在旁督导的孩子来说，是比金子更为珍贵的。对我而言，更为重要的是：把"阅读"这颗种子种植在他们"心的园圃"里，正好似为他们的人生栽了一株永远不凋不死的树，这树，有个闪亮的名字，它就唤作"快乐"。这种源于心灵的快乐，是永恒而持久的，而一个快乐的人，也将同时拥有积极、乐观、善良、知足等一生受用不尽的美丽特质。倘若我纯然以功利主义的思想作为鼓励孩子阅读的驱策力，相信他们"江山一定"，便会永远与课外书籍"诀别"了！

在结束本文前，说说一个耐人咀嚼的小故事。

某个富翁问三个尚在就学的孩子："读书与游戏哪样好？"幺子不假思索地抢着回答："当然游戏好。"富人立刻斥责道："你实在太贪玩了！"大儿子接着慢条斯理地回答道："自然是读书好……"话说一半就被富人打断："你个性太迂腐了！"最后剩下二儿子，他不疾不徐地应道："读书即游戏，游戏即读书。"富人一听便击掌叫好："嗳，你真不愧是我聪明的好儿子！"

一点儿也没错，阅读即游戏，游戏即阅读。懂得其中精髓者，必定能够拥有比他人更丰富、更精彩、更值得留恋的人生。

人生的跑道

生活，是一条长长的跑道，当孩子比我们矮了一大截时，我们是孩子的教练，指引他们正确的跑姿，指引他们正确的跑向；可是，有一天，当他们与我们高与肩齐时，我们便得与他们并肩而跑了。唯有这样，我们才能及早赢取孩子永远的尊敬。

傍晚下班回家，一看到屋子里的情况，气便不打一处来了。

大厅里没人，灯亮着，风扇猛猛地开着，桌子上，狼藉不堪地弃置着吃了一半的罐头鱼、喝了半瓶的汽水，还有，咬了一半的面包；厨房里，橱门大大地敞开着；楼上呢，传来了收音机震天响的噪音。

气鼓鼓地跑上楼，发现次子正坐在电脑旁，全神贯注地敲打着键盘。

我生气地数落他的"罪状"，数数数，数着数着，连过去的旧账也一并翻了出来，婆婆妈妈、唠唠叨叨，彻底忘记了被我数落着的这个孩子已经成年而且站起来时比我高了一尺有余。

静静地听着、听着，他的脸，突然闪出了一种痛苦的表情，像一只受伤的犬。

次日，长子对我说道：

"妈妈，弟弟已经长大了，您不应该为了这些芝麻绿豆的小事而责备他，您应该设法找出让他心烦的原因呀！"

寥寥数语，醍醐灌顶。

身为父母的，常常忘记一个基本的事实：孩子会长大，孩子已长大。我们老是高高在上地摆出长者的姿态，而这一摆，有时可能便摆上长长的半个世纪而不自觉。

实际上，我们应该和孩子一起成长，我们

应该随着他们的需要而改变自己的教育方式。一个两岁的孩子，将吃喝一半的食物随意丢在桌上而走开，他需要的是父母耐心的教导；一名十二岁的孩子做同样的事情，父母便得好好地骂一骂了，然而，当一名二十一岁的孩子犯上这个错误时，他需要的，不是教导，不是斥责，不是提醒，而是理解与宽容。在他疏忽行事的背后，肯定有着需要我们深入去了解的内在原因，有着需要我们伸出援手以共同解决的问题。一开口便不分青红皂白地骂，不但于事无补，还会使亲子关系蒙上重重阴影。

事后，经过详谈，果然发现了次子当日的确有个难解的心结，结果便因心不在焉而出现了有异寻常的行为。

从上述事件，我发现了为人父母者常犯的另一个毛病：我们惯于指责而吝于赞美。

性好整洁的次子做事一向秩序井然，自个儿的房间收拾得干干净净，衣服鞋袜，永远各就各位。家里哪儿东西凌乱，他总自动自发地整理；哪儿有蚊虫蚂蚁的踪迹，他总不嫌麻烦地大事歼灭。我把这一切视为理所当然的，从来不曾美言称赞，然而，一旦出现状况，便理直气壮地大发雷霆。

我执教鞭，常常有机会与学生家长接触。我发现两代间的冲突常常源于父母没有与孩子一起成长。孩子的胃是饱的，身子是暖和的，可是，他们胸腔里已经茁壮成长的那颗心，却仍然被父母看成是襁褓期间的婴儿心。父母为了浮在生活表面许许多多鸡毛蒜皮的小事而喋喋不休，却不知道青春期的少男少女真正需要的是贴心的关爱。这种情形，就好像看到黑烟从车里冒出时，不去探究车子冒烟的内在原因，反而啰啰唆唆地嫌黑烟污染空气，嫌黑烟有碍观瞻，全然是一种本末倒置的做法。

生活，是一条长长的跑道，当孩子比我们矮了一大截时，我们是孩子的教练,指导他们正确的跑姿,指引他们正确的跑向;可是,有一天,当他们与我们高与肩齐时,我们便得与他们并肩而跑了。唯有这样,我们才能及早赢取孩子永远的尊敬。

真相

远赴英国工作一年余的次子方德，最近回返新加坡度假两周。快乐的时光倏忽即逝，这天，他就要乘搭飞机回英国了，我约了近亲十余人中午在餐馆为他饯行。

早上十一时，他忽然对我说道："妈妈，借用您的车，我想到锦茂去吃早餐。"我说："快到午餐时分了呢，干吗还要出去吃早餐？"他应："回去伦敦后，要吃本地小食，可就不容易了！"我一想也对，便说："快去快回！"

晌午，接到他的电话："妈妈，有个坏消息！"我心想，这个全身充满幽默细胞的小子，不知道又要玩什么把戏了，于是，"以毒攻毒"，戏谑应道："嘿，是不是吃东西时不小心被空气哽到了？"可是，这回，他的声音全无调侃的笑意，只说："妈妈，车子的钥匙掉落了，我已经找了整个小时了，可是，还找不到！"我一听，便有白烟从头顶"嗞嗞嗞"地冒出来了，他为了解馋而给我带来这样大的麻烦，真是该打！我没好气地问道："现在，怎么办？"他说："你把家里的备用车匙送来给我，好吗？"

日胜载着我到锦茂区时，各种负面的念头好像蚂蚁一样咬噬着我的心。我的车匙附有遥控器，倘若拾获车匙者心存歹意，只要到停车场去，便可以通过遥控器找到我的车子了！这就意味着我必须尽快更换车匙以策安全，然而,打造新的车匙,也许得耗上好几天的时间,几天没有车子用,有多麻烦呵!我越想越气,忍不住对日胜口出怨言:"他不去吃早点,不就没事吗?"日胜平静地说:"事情已经发生了,埋怨有何用!想办法把车匙找回来,才是重要的!"我悻悻地应道:"要在那么大的地方找那么小的一把车匙,不就等于海底捞针吗?"日胜说:"你没试过,又怎么能放弃!"

儿子坐在咖啡店里等我们。他已在所有可能掉落车匙的路线上来来回回地走了六趟,做了地毯式的搜寻,又仔仔细细地向扫地工人查问过了,却都徒劳无功。

该做的都做了,可是,日胜却依然不死心,又把已做的一切重做一遍,然而,那把车匙却像人间蒸发了一般。

大家都想放弃了,不料日胜竟说:"上邻里警岗查查看吧!"一直阴着脸的我,立刻嗤之以鼻:"别异想天开了,怎么会有人把车匙往警岗送!"日胜还是老话一句:"你没试过,又怎么能放弃!"

万万没想到,奇迹竟发生了!在锦茂警岗里,警员知道我们的来意后,立刻便把我们遍寻不获的车匙取了出来,说:

"这把车匙,是今早有人在自动提款机那儿捡到的!"

感谢的情愫,立刻好像潮水一般汩汩汩汩地涌满了我的心。我们的社会,的确有着许多不知名的善心人,默默地通过诚实的善举,创造了一个温暖人心的居住环境。

在放下心中巨石的当儿,我也暗自惭愧自己愚昧的武断与庸人自扰的臆测。

赶往餐馆,与亲人共用午餐之后,便匆匆把次子送往机场。

临入闸门,他突然从裤袋里取出了两个大红包,分别放进我和日胜的手里,说:"我不能回来与你们共度农历新年,所以,预祝你们新年快乐！"红包很厚、很沉，就在这一刹那，警员的话突然浮上了脑际："这把车匙，是今早有人在自动提款机那儿捡到的！"

啊，我亲爱的儿子今早到锦茂区去，原来为的不是吃早餐，而是提取现款封红包！

抬眼望他，他已远去。

原谅

在上海的一家餐馆里。

负责为我们上菜的那位女侍,年轻得像是树上的一片嫩叶。注意她,是因为她上菜时显得笨手笨脚的,让我老是担心她可能会把盘子里的汤汁转化成我的洗澡水。

我的第六感居然没有"辜负"我。

捧上蒸鱼时,盘子倾斜,腥膻的鱼汁鲁鲁莽莽地直淋而下,泼洒在我搁于椅子的皮包上!我本能地跳了起来,阴霾的脸,变成欲雨的天。这皮包,是我在意大利买的,极好极软的牛皮,不能洗涤,是我心头的大爱。

可是,我还没有发作,我亲爱的女儿便以旋风般的速度站了起来,快步走到女侍身旁,露出了极端温柔的笑脸,拍了拍她的肩膀,说:"不碍事,没关系。"女侍如受惊的小犬,手足无措地看着我的皮包,嗫嚅地说:"我,我去拿布来抹……"万万想不到,女儿居然说道:"没事,回家洗洗就干净了。你去做工吧,真的,没关系的,不必放在心上。"女儿的口气是那么柔和,倒好似做错事的人是她。这时,女侍原本绷得像石头一般的脸,慢慢地放松了,她细声细气地说了声"对不起",便耷拉着脑袋走开了。

我瞪着女儿,觉得自己像一只气球,气装得过满,要爆炸,却又爆不了,不免辛苦。

女儿平静地看着我,在餐馆明亮的灯火

下,我清清楚楚地看到,她大大的眸子里,竟然镀着一层薄薄的泪光。

这样一来,我不怒反惊了。

我这女儿,到底怎么啦?

当天晚上,回返旅馆之后,母女俩齐齐躺在床上,她这才亮出了葫芦里所卖的药。

负笈伦敦三年,为了训练她的独立性,我和日胜在大学的假期里,不让她回家,我们要她自行策划背包旅行,也希望她在英国试试兼职打工的滋味儿。她的大哥就曾在美国大学当过校园邮差,二哥呢,也曾担任大学实验室助理员。

活泼外向的女儿,在家里十指不沾阳春水,粗工细活都轮不到她,然而,来到人生地不熟的英国,却选择当女侍来体验生活。

第一天上工,便闯祸了。

她被分配到厨房去清洗酒杯,那些透亮细致的高脚玻璃杯,一只只薄如蝉翅,只要力道稍稍重一点,便会分崩离析,化成一堆晶亮的碎片。女儿战战兢兢,如履薄冰,好不容易将那一大堆好似一辈子也洗不完的酒杯洗干净了,正松了一口气时,没有想到,身子一歪,一个踉跄,撞倒了杯子,杯子应声落地,"哐啷、哐啷;哐啷、哐啷",连续不断的一串又一串清脆响声过后,酒杯全化成了地上闪闪烁烁的玻璃碎片。

"妈妈,那一刻,我真有堕入地狱的感觉。"女儿的声音,还残存着些许惊悸,"可是,您知道领班有什么反应吗?她不慌不忙地走了过来,搂住了我,说:亲爱的,你没事吧?接着,又转过头去吩咐其他员工:赶快把碎片打扫干净吧!对我,她连一字半句责备的话都没有!"

又有一次,女儿在倒酒时,不小心地把鲜红如血的葡萄酒倒在顾客乳白色的衣裙上,好似刻意为她在衣裙上栽种了一季残缺的九重葛。原以为她会大发雷霆,没想到她反而倒过来安慰她,说:"没关系,酒渍嘛,不难洗。"说着,站起来,轻轻拍拍她的肩膀,便静悄悄地走进了洗手间,不张扬、更不叫嚣,把眼前这只惊弓之鸟安抚成梁上的小燕子。

女儿的声音,充满了感情:

"妈妈,既然别人能原谅我的过失,您就把其他犯错的人当成是您的女儿,原谅她们吧!"

此刻,在异乡异国的夜里,我眼眶全湿。

篮球

长子远渡重洋负笈美国的那一年，才16岁，有着比刺猬更叛逆的性格。

离家前夕，母子俩还有了一场小小的冲突。

飞机是晚上十一点起飞的，视他如珠如宝的祖母特地从怡保赶过来为他送行。他年少，加上第一回独自出远门，家人都不十分放心，成篓盈筐的话、成千上万个嘱咐，满满满满地塞在心中，要倾出，想倒出，可是，他却在黄昏薄薄的暮色里、在家人万般不舍的离愁中，若无其事地从储藏室里拿出了他心爱的篮球，边拍、边跑、边说："我出去打篮球了。"正在房里为他的行李作最后审查工作的我，一听这话，大吃一惊，冲出房来，喊道："别出去了，已经六点多了，快要吃饭了呀！"说这话时，婆母正在厨房里为他准备他最喜欢的菜肴，五香炸鸡香浓的味儿一团一团地飘送出来。没想到他居然一意孤行地拉开了大门，头也不回地说："我走啦！"短短三个字，化成了三条蚂蟥，死命往我肉里钻，我像木雕般站立着，生气地瞪着他瘦瘦的身影以猴子般的敏捷三下并两下地跳走了。

他时间观念不强，会不会玩得忘形而耽误了班机呢？我苦恼地在屋子里踱来踱去，越走越烦躁，愈想愈担心，真希望自己像唐僧一样会念紧箍咒，让这个比孙悟空更好动的孩子头痛难耐地扑返家门。

等了又等，等了再等，桌上的饭与菜，渐渐冷去，而他，依然踪影全无。一直挨到八时许，他才臭汗淋漓地抱着那粒仿佛比他爹娘更亲的篮球一蹦一跳地回家来。

这时，离前往机场的时间只有短短一个小时而已。我铁青着脸，等他洗澡，看他囫囵吞枣，想到他一去四年，不想、不忍对他苛责，可是，胸中横着的块垒却像个结，让我硬是温柔不起来。倒是婆母，左手夹菜，右手添饭，恨不得把自己也装进行李里面，陪着去美国。

这些年来，我一直不能理解儿子临行前的这个举措——

平常几乎每天都打篮球，出国在即，难道就不能少打一场吗？家人等着他吃饭、等着与他叙别、等着送他去机场，他却自顾自地打球作乐，置万事于不顾，真是个感觉麻痹的孩子呀！

是他学成归来以后，我才知道真相的。

那一回，我们聊天，我旧事重提，他说：

"啊，妈妈，那天我其实心里虚得很，好像一个气球浮在半空中，老是着不了地。这样的感觉，让我很难过，一时无法可施，才想到去打篮球的。一球在手，我便忘掉了一切烦恼，尤其是篮球频频飞射入篮所带来的那种信心满满的感觉，使我觉得自己有了过关斩将的勇气。"

我想起了当年他进闸门的样子。瘦，可是肩和背都挺得直直直直的，宛若钢打铁铸一样。左手提着电脑，右手拎着随身袋子，跨着大步向前走，一副大无畏的样子。啊，正是他的这种坚定和自信的样子，使我觉得踏实而又安心。然而，我没有想到，真的没有想到，是那粒小小的篮球在临行一刻帮他甩掉他的不安、去除他的焦虑、化解他的紧张、消弭他的畏惧的！

认真说起来，在那一个关键的晚上，我才真的是个感觉麻痹的妈妈呵！

在养儿育女这一码事上，许多家长都犯着同样的毛病——我们往往只看到孩子表面行为的不当，便不假思索地加以谴责，然而，对于他们的内心世界，却愚蠢地漠视而又懵然地忽视！

我家老二

> 幽默,是润滑剂,是点缀品,是语言的珠宝,是生活的鲜花。它能化干戈为玉帛,化戾气为祥和。最重要的是:它提升了生活的素质,为每一个日子系上晶晶发亮的釉彩,也使每一个时刻都充满了意想不到的惊喜。

一直相信,幽默是一种代代相传的因子;这个遗传因子,到了我家老二,轰轰烈烈地发扬光大。

高,阔肩,长手长脚,眼睛弯弯的,老是在笑。

他的幽默,来自他的敏锐,对于别人所说的话,总能立刻抓到"发挥点"。

有个晚上,月亮惊人地圆、惊人地大,美艳不可方物,他站在庭院里,喊我去看。我一看,心醉难抑地说:"儿子,快点许愿。"他嗤之以鼻:"月亮哪管许愿这码事!流星才管!"说着,兀自回屋去了。我独自坐在星空下,欣赏月色。几分钟过后,他站在大门处喊我:"妈妈,您不要贪得无厌啦,一口气许下那么多愿望,月亮又不是电脑,哪会记得!"

电脑坏了,嘱他修理,他一面修,一面说:"儿子经久耐用,永远不坏;哪像电脑,三天两头给您添麻烦!"

他在外面兴致勃勃地买了一只椰子回来,拿厨房的菜刀胡乱去砍,砍缺了一道口,我自然唠叨不休:"一只椰子才一块多钱,一把菜刀三十多元,你的经济逻辑也太差了吧!"讲讲讲、讲讲讲,他突然温柔地看着我说道:"妈妈,您嘴巴不累吗?"我气呼呼地应:"难道你听累了吗?"他不慌不忙地应:"不累,不累,怎么会累呢,我左耳不进右耳不入呀!"

大学暑假去打工，领了微薄的津贴后，给了我五十元。我一直不舍得用，放在塑胶套里。一日，向他出示，他一脸认真地问："妈妈，为什么不拿去花园里种？"

一回，家里宴客，我拟菜单，嘱他为我记下。我说："第一道，鸭。"说毕，心里忙着拟其他的菜式，嘴里无意识地念着："唔，鸭，鸭……"他突然喊了起来："请十个人，一只鸭够了吧，哪里需要买上三只！"

有一次，他哥哥当众放屁，正觉尴尬，他却闲闲地说："哥哥，你几时开了一家煤气公司？煤气充沛而外泄，成就不小呀！"

偶尔说笑话说得过火时，我警告他："我翻脸了！"他立刻跳到我后面去，我说，"干什么？"他应："帮你把脸翻回来。"

买了著名的小食，我吃不够，去夹他碗里的，他大度地说："您拿您拿，我不介意，我是个好人。"我边吃边挖苦："好人？看不出嘛！"他说："妈妈呀，我不是老早就说过，请您不要以貌相人吗？"我讨得便宜，快活地笑，没想到他却定睛看着我，说，"妈妈，您看起来一副慈眉善目的样子嘛！"哇，棋差一着，全盘皆输！真是上得山多终遇虎！

生活里碰上不顺心之事，闷闷不乐。他灵活运用各种各样的说辞来开解我，末了，一脸正色地说："您以前就是这样教导我们的呀！"我顿时眉开眼笑，问："我真的有讲过这么精彩的话吗？"他毫不犹豫地应："当然没有啦，都是我自己想出来的。让您居功，逗您开心而已。"

今年情人节，外子出差到印度去了，他约我上餐馆。我意兴阑珊地说："浪漫节日跟你外出用餐？超级闷呀！"他应："您闷？我惨咧！"我一想，果然。于是，阿闷和阿惨，便快快乐乐地到餐馆去大快朵颐了。

幽默，是润滑剂，是点缀品，是语言的珠宝，是生活的鲜花。它能化干戈为玉帛，化戾气为祥和。最重要的是：它提升了生活的素质，为每一个日子糅上晶晶发亮的釉彩，也使每一个时刻都充满了意想不到的惊喜。

然而，话说回来，儿子能与我"刀来剑往"地磨唇皮儿，还得归功于他对中国成语的理解与应用能力哪！再说，他对母亲大事关心，小事体贴，谁又敢说和中华文化里孝道的熏陶没有关联呢？

亲爱的青蛙

拆开女儿遥遥地从英伦寄给我的母亲节贺卡,才瞥一眼,便笑得几乎岔气。米色底子的硬卡纸上,端端正正地坐着一只皮色墨绿的青蛙,严肃得十分丑陋,唯脸上架着那一副方形黑框的眼镜却使它看起来有了几分类似沉思的智慧。我笑,不是因为卡片上的青蛙造型古怪,而是因为那一段与青蛙息息相关的记忆。

我一向不养宠物,没有时间也没有心思去养。然而,说来难以置信,有只青蛙,居然不请自来,有好长好长一段时间,"毛遂自荐"地当上了我家的"宠物"。

那时,女儿三岁多,正属于最爱说话的年龄。

每天,当灿烂的夕阳把所有暗灰色的影子都染得金黄璀璨时,这只可爱的青蛙,便兴致勃勃地跳进我家,纹丝不动地蹲在靠近厨房后门的壁橱处,像只石蛙。

这个时段,我总在炊煮,女儿呢,也总坐在矮矮的凳子上,晃着胖胖的小腿,等吃。青蛙、女儿、我,三者构成了一幅美丽和谐的图像。等我煮毕一桌好饭好菜而浓浓暮色铺满一地时,青蛙便知情识趣地跳着离去,潇潇洒洒,不带走一片云彩。

一日,心血来潮,想出了一个他人可能认为无聊滑稽而我却看作是别具意义的小游戏。我努力控制唇形,把声音从鼻子里挤出来,怪声怪气地说道："喂，我是青蛙姐姐，你好！"女儿又惊又喜，一下子从矮凳子上蹿了起来，拉着我的衣角，兴奋莫名地喊道："妈妈，青蛙会说话哪！"我恢复了原来的嗓音，应道："唔，它一定是读了很多书，才学会说话的！"女儿蹲到它跟前，快乐地搭讪："嗨，你家在哪里？"青蛙一动不动，可是，一串一串的话，却顺顺畅畅地从它抿得紧紧的嘴巴里"溜"了出来。它告诉女儿一则又一则趣味盎然的小故事，女儿听得津津有味，墨黑的大眸子快活地笑着；有时，青蛙也会顽皮地和女儿磨唇皮，你一言我一语，"刀来剑往"，偶尔词锋太锐，刺伤女儿的心，她便会抱着我双腿，张着口哇哇地哭，一边哭一边投诉："妈妈，青蛙姐姐欺负我！""无中生有"的我，赶紧充当鲁仲连："青蛙，快点道歉，不然，赶你回家！"泪眼模糊的女儿一听这话，顾不得生气，转而求情："不要赶它！"这时，青蛙见好就收，乖乖说道："对不起！"女儿破涕为笑，说："不要紧，原谅你。"我把握时机进行教育："说错话，做错事，便得承认，便得道歉。一人做事一人当，知道吗？"女儿与青蛙齐齐应道："知道啦！"这个游戏，一玩便玩了一年多，后来，家里进行大装修，飞沙走石，青蛙绝迹不来，才停了。

女儿长大后，向她提起这一段往事，她的记忆，居然清晰一如上好的复印件。对于当时稚龄的她来说，每天期待青蛙现身的那种心情，充满了难以言喻的刺激和令人心醉的向往；而一心坚信青蛙会说话的童年岁月，美丽得像珍珠，圆、亮、毫无瑕疵。

身为母亲的我呢，就借着这种有趣而又有效的方式，把许许多多弥足珍贵的价值观和道德观，源源不断地灌输给了我亲爱的孩子。

小小一只不问世事的青蛙，却沉沉地驮着母女两代美丽至极的记忆。安徒生借着赤子之心撰写童话，我却凭着不老的童心进行家庭教育。

谨以此文献给全天下所有的母亲，希望人人都能以不泯的童心，为纯真的孩子创造永恒快乐的童年。

亲爱的青蛙呵，别来无恙否？

"放"是一门学问

也许，树应该更早学会"放手"；而苗呢，则应该以具体行动显示它自重自爱的精神，让树在"放手"的同时也"放心"，否则，"放手"就会沦为"放任、放纵"了！

"放"，是一门双方都得好好研习的学问。

我国优秀歌手陈洁仪，谈起她的成长历程时，生动地利用"放弃与放心"这五个字来进行概括。

从莱佛士初级学院毕业后，对她寄予厚望的母亲原本希望她像所有成绩优秀的学生一样，选读一个热门课程，成为人人敬重的专业人士。可是，热爱歌艺的她，却选择进入拉萨尔艺术学院（LASALLE College of the Arts）的戏剧表演系，以歌唱作为终生职业。

"在十余年前，一般人的观念还是倾向于保守的。"她湛湛生光的大眸子因为回忆而显得朦朦胧胧的，"我下了这样一个走出传统的决定，自然在家里掀起了轩然大波。母亲软硬兼施，又劝又骂，可是，我心意已定，坚持不改。渐渐地，母亲心灰意冷，不再管我了。"

顿了顿，她气定神闲地继续说道：

"母亲撒手不管，在某种程度上，算是放弃了我。可是，后来，当我进入歌坛之后，母亲看到我严于待己的处世态度，还有，凡事全力以赴、力求圆满的精神，整个心态，终于由冷漠的放弃转而变为欣慰的放心了。"

由不放心而至放弃，再由放弃而回归放心，是一个充满了挣扎的痛苦过程。然而，相信很多为人父母者都曾经有过类似的挣扎。

不放心，源于庇护性的爱。

天下的父母，总把自己看成是一株耸天而

立的巨树，一心想创造一个挡风遮雨的环境，让树下的小苗舒适地成长，长成自己心目中的那种植物。可是，小苗有自己的心、自己的感觉、自己的愿望，它想听从自己心的呼唤，长成自己的形状；它渴望以自己的方式和风对话，它希望自由地吮吸亮丽的阳光。可大树不许，不许这样不许那样。小苗试着沟通，沟通不了便反抗。反抗力量之大之猛，使树初而愕然不乐，再而怵惕不宁。苗比死还要固执的坚持，使树在束手无策之余，无奈地放手了。

这时，胜利了的苗，表面在笑，内心却在哭，因为呵，它误以为树已"放弃"了它。其实，树仅仅只是"暂时放手"而已——苗是树一生一世的牵挂，它不会放弃，绝不，不呵不。它默默旁观、静静偷窥。有朝一日，苗若被虫啃噬、被风摧残，树绝对不会坐视不理的。

苗呢，孤独而又坚强、孤傲而又倔强，流泪且又流汗地努力不懈，为的只想证明给树看，它的反抗不是无理的反叛，它仅仅啊，只是想要开拓一片属于自己的蓝天，它不要在树荫底下享受那一片不属于它的芬芳。为了向树证明它的能力，它付出加倍三倍甚至五倍的努力。

树静静地看，深深感动，渐渐宽心。苗最终没有长成树要的那种形状，可是，长得比树所期望的更茂盛、更绚烂。

于是，树放心，苗开心。

也许，树应该更早学会"放手"；而苗呢，则应该以具体行动显示它自重自爱的精神，让树在"放手"的同时也"放心"，否则，"放手"就会沦为"放任、放纵"了！

"放"，是一门双方都得好好研习的学问。

让他跌下去吧！

成龙在一篇《我的妻儿》的访谈录里，忆述了一桩耐人咀嚼的往事。

他说："为了避免儿子受到伤害，我过去一直保护他，担心他被绑架，不准他去这里，不准他去那里，整天把他关在屋内。他于是作了一首歌，拿给我看，歌名叫《人造的墙》。他说，第一道墙是我，第二道是他妈妈，第三道是老师，第四道是他身边所有的人。歌词说，所有的人都需要自由。他说，他要出去闻一下花香，但不知要走多远，不知那墙有多厚。他说他知道当他跌倒时，我们会在他身体下面放个软垫，但是，他哭求：爸爸，让我跌下去吧！"

这首文情并茂的歌，让成龙读后泪流满脸。他于是对妻子说道：

"我们保护得太过分了，该让他出去闯闯！"

读了这份报道，我想，成龙所犯的上述"错误"，是全天下父母都会犯的。

我们总自以为是地将自己的经验做成一件厚厚的盔甲，以"爱"为名义，强逼孩子穿上，殊不知这层盔甲恰恰成了他成长的绊脚石。

中国一位好友，于几年前将独子送到新加坡来读书，为了锻炼孩子的意志力、培养独立办事的精神，她硬下心肠，坚持不当"陪读妈妈"。

在漫长的六年里，她冷眼旁观，发现孩子在努力挣扎着成长的过程中，经历了三大阶段的变化。

第一阶段，原本在家里"要风得风，要雨得雨"的他，来到事事都得"亲力亲为"的新环境，难以适应，因此，和寄居处的那户人家闹得很不愉快。在学校里，又因为英文不好而屡被欺负；他因此而变成了一只刺猬，动辄竖起尖尖的刺，刺伤别人，然后，又在根根阴光闪闪的尖刺底下默默垂泪。

第二阶段，他在碰壁无数、跌倒多次的经历里，学乖、学精，他懂得了"改变自己"以适应大环境的道理了，即使有时得吃点亏，他也会"委曲求全"。然而，由于行为和意愿背道而驰，挣扎得极苦的他，便出现了"双重标准"——在外面，他察言观色，处处迁就别人；然而，一回到家里，父母要他帮忙，他常说"不"。母亲纳闷地问他："为什么你对别人有求必应，可对我们却诸多推搪呢？"他淡淡应道："在外面，我常常要演戏，心境很累；回到家，我想做回真正的自己——想做的事，我会主动地做、自动地做；不想做的事，我有不做的理由，也有不做的自由。"这一番"肺腑之言"几乎将朋友的眼泪也催下来了，朋友知道，他孤军作战的那个环境，的的确确磨练了他。

第三阶段，他奋苦的学习为他赢取了优异的成绩，也为他博得了师长的宠爱和同学的尊敬，他至此真正真正地融入了异乡异国的大环境里，培养出正确的价值观，长成了一个里外合一、自信自重的大好青年。

朋友追述她独子磕磕碰碰地成长的整个历程时，满怀欣慰地说：

"如果当初我当陪读妈妈，恐怕到现在他依然还是个事事依赖着我的大孩子！"

知道身体下面有个厚厚软垫的孩子，永远也长不大。

"孝子贤孙"新版

不论时代起了什么样的变化,「长幼有序」始终是个革命不了的美丽概念;「老吾老以及人之老,幼吾幼以及人之幼」也才能因此而成为代代相传的美好理念。

由美国教育基金会出版的最新一期杂志《环球彩虹》,刊登了由余国英所撰写的一则散文,文中提出了一个新的称号:"新孝子贤孙"——"孝"和"贤"这两个字,在这里是当动词用的——意即年老的一辈如果要和年轻的一辈相处融洽,就必须要"孝顺儿子和体贴孙辈"。作者余国英曾经执教于美国罗格斯大学,现专事写作。

作者与儿子一家人同住旧金山,媳妇是医生。有一段时期,媳妇轮值早班,儿子因此要求她早上七点过去代为照顾小孙女。她如此写道:"我六点不到就起床,匆匆漱个口,擦把脸,就推门出去,沿亮着街灯的旧金山街道,开了约三十分钟的车,才抵达儿子家。"看到了小孙女,听到了她童稚甜蜜的声音,奶奶的一颗心,全都融化了。她高高兴兴地抱着孙女,喂她吃完早餐,再替自己泡杯咖啡,这时,还不到七点,只见媳妇睡眼惺忪地起身了,一言不发地"夺门而出",上班去了。原以为"忠于职守"的自己已达到了"孝子贤孙"的新要求了,没有想到,儿子居然对她说道:"妈,你来得太早了,以后七点整抵达,好吗?"她心想:"七点整?这真是个难题,哪能算得这么准呢?"她接着写道:"第二天,我当然又早到了,将车在儿子家门前面停好,外面天色尚暗,车子熄火之后,在黑暗的车内枯坐，只觉得车内温度渐降渐低，愈来愈觉得有彻骨的寒冷，恨不得不顾一切地冲进儿子家，但是，转念一想，这么一点小小的要求都做不到，不是让儿子为难吗？只得开了车子引擎，在座位上尽量把身子缩小，以期减少寒冷的程度，硬硬捱到了清晨七点，才过去按门铃，这才发现，我的手是抖的，面孔想必也是脸白唇紫罢！"

如此委屈自己，只为了迁就儿子不算合理的要求；明明来此的目的是缓解儿媳的难题，却宁可冻坏自己也不肯伸手叩门。

这是一种"单向"的爱，为求融洽相处而得低声下气地"孝"子"贤"孙，老实说吧，单听不做，都已经觉得悲凉无限了。就我认为，"双向"的爱，是应该包括"体谅、体念、体贴、体恤"这"四体"的。换言之，双方都应该拥有一把"万能匙"，随时随地都能坦然地进入对方的家门和心门。

说说一件难以忘怀的陈年旧事。

那一回，在远亲家里用餐，饭桌上有极好的咸蛋，裹在蛋白里那橙红的蛋黄，宛若镶嵌在洁白云絮里的夕阳，油滋含润，亮而艳。远亲十岁的独子，很快地把蛋黄挖出来吃掉了，又若无其事地把筷子伸进母亲的碗里，面不改色地把母亲咸蛋里的蛋黄挑出来，一口吞掉，之后，将他不喜欢的蛋白通通丢进母亲的碗里；远亲看不到此举的"远虑近忧"，居然还得意洋洋地对我们笑道："瞧，你们瞧，他年纪小小的，就已经懂得挑精拣细来吃了！"说话那语调，仿佛她独子做了一件让人称羡的大事，实际上，她没有想到她已为自己的未来埋下一颗"地雷"了。

敬老，是家教很重要的一环，而敬老的观念，又往往是通过生活里的大小事件逐渐培养起来的。在我家里，最好的食物永远是保留给我亲爱的父母亲的；父母亲的意愿和感受，永远是我们首先考虑的；而这，便是我对孩子长期所实施的身教了。

不论从任何角度来看，我都可以算得上是一个孝顺的女儿，但是，我明确地知道，在将来，我永远也不可能成为新版"孝子贤孙"的信徒。

不论时代起了什么样的变化，"长幼有序"始终是个革命不了的美丽概念；"老吾老以及人之老，幼吾幼以及人之幼"也才能因此而成为代代相传的美好理念。

两个爸爸

> 观念和态度的确是决定成功与失败的主要因素。

美籍日裔企业家罗伯特·清崎（Robert Kiyosaki）因经商而致富，于47岁退休，与人合作撰写专著《富爸爸·穷爸爸》，传授致富之道。书一出版便风靡全球，短短五年全世界发行2800万册，被译成了68种文字。

书中的穷爸爸，拥有博士学位，曾经担任夏威夷教育部部长，性子勤奋，但却一生陷于财务困境中，在经济拮据的泥沼中苦苦挣扎，去世时仅仅留下一些还没有付清的账单；富爸爸呢，中学没毕业，人也勤奋，凭着灵活的脑筋，扭转了传统的观念，他不为金钱劳碌，反而着令金钱为他服务，借着明智的投资而使钱生钱，结果成了夏威夷最有钱的人之一，死后留下数千万美元遗产。

罗伯特·清崎毫不含糊地指出：贫富之分，最大关键在于个人的思想哲学。比如说，面对生活的奢侈品，穷爸爸会消极地说："我无法负担，买不起。"未发迹前的富爸爸呢，则会积极自问："我究竟应该怎么样才能将它买下呢？"前者运用的是自我放弃的"陈述句"，后者则用上了自我驱策的"反问句"，孰优孰劣，不言而喻。

在教育孩子方面，穷爸爸和富爸爸也有着截然不同的方策。穷爸爸会尽量鼓励孩子努力求学，学成之后，又会教他们如何填写出色的履历表以寻找一份好工作，孩子在这种家庭中长大,在考获优异成绩的同时,也理所当然地继承了贫穷父母的理财和思考方式。富爸爸不同,他会让孩子从小学习专业规划和财务安排,为他们培养出精密的计算与分析能力,孩子成长之后,便能凭着丰富的理财训练赤手空拳地打天下而又能突破万难地建立起自己的财政王国。

关于罗伯特·清崎的教育理念,外界褒贬不一;姑且不论其是是非非,我们必须同意的是:**观念和态度的确是决定成功与失败的主要因素**。

在此,且让我转述一则听来的故事。

一位父亲育有两个儿子,兄弟俩年龄仅仅相差一岁。这位父亲在孩子很小时便预言:老大将来必然是个奉公守法的雇员,老二呢,必成大器。

事实证明他的看法全然正确。

别人问他洞悉先机的依据,他条分缕析地举例说明:孩子小的时候,家里东西坏了,他进行修理,嘱孩子给他取工具。如果他要的是螺丝起子,长子便会依言行事,准确无误地将螺丝起子送来给他,然后,转身走开;次子可不,他会问:为什么要螺丝起子?听了解释之后,他不但取来了螺丝起子,还同时带来了锤子和钉子,之后,蹲在身边,全神贯注地看。年龄稍长,家里电器坏了,他嘱长子修理,长子一板一眼地答道:"我不会修,你没教过我。"次子则说:"让我试试看。"

长子与次子的行事态度和处世观念,为他们谱出了迥然而异的人生之曲。在生活的海洋里,一旦碰上大风大浪,长子恐怕只懂得在船上寻找救生圈,找不到而船又不幸被风浪掀翻了,他便会惨惨地溺毙于海中;次子呢,老早已经悄悄地学会了精湛的泳术,遇到狂风巨浪,他心无所惧,就算船只沉没了,他也能顺利逃生!

无形的「虐待」

身体缺乏该有的营养，我们可以靠补品来滋补，可是，脑子缺乏养分而造成的损伤，却是永久性的。

精通中文的日籍作家新井一二三，童年极端不愉快，母亲与她之间的恶劣关系使她心田蒙上了永远的阴影。进入青春期，表面活泼的她，性格抑郁，经常想哭，甚至想要自杀；年龄再长，和异性朋友交往时，由于缺乏自信，担心被抛弃，因此，常常主动提出分手，内心世界一片荒凉。

这样一种异于常人的成长经验，使新井一二三在心智成熟后，格外关注"虐待儿童"的问题。

在《东京的女儿》一书中，她指出：虐待儿童是具有多种不同形式的，包括性虐待、身体虐待、精神虐待、心理虐待等等；其中有一种虐待，过去大家都没有注意，最近才成为日本警方关注的焦点而加以取缔，那就是在日常生活上对孩子"忽视与忽略"的家长。

她举例说明：在东京，有名二十余岁的主妇，两个孩子相继死去，第三个孩子也受伤住院了。周遭的人怀疑她虐待孩子，但是，警察调查孩子的死因时，却完全查不出身体受虐待的迹象，因而没有采取任何行动。然而，后来，深入地进行调查，却发现那名母亲很显然没有适当地照顾孩子，比如说：经常不供餐食，造成营养不良；孩子生病又延迟诊治，导致病情恶化，等等。结果呢，警方以"忽视与忽略"的罪名将她逮捕。

对此，新井一二三所下的结论是："忽视与忽略"的根本病源是对孩子兴趣欠缺而演变成冷漠；那些动手打伤孩子的母亲，至少知道自己在做什么，然而，对孩子缺乏兴趣的母亲，却始终不明白自己的"不为"对孩子造成了多深多长多沉重的负面影响。

新井一二三笔下那类"病态"的父母，是在生活起居上"忽视与忽略"孩子在成长岁月所需要的照顾与福利。然而，在新加坡，有许多父母，在物质上让孩子过着丰衣足食的生活，但在精神世界上却不自觉地患着另一种形态的"忽视与忽略"症。

在"爱"这名堂下，他们恣意放纵孩子。

孩子观念有偏差、行为有失误、思想有病毒，他们视而不见、听而不闻，更莫说及时加以匡正了。事事包庇而处处袒护的结果，是孩子小时目无法纪，大了一手遮天。

孩子在身体上遭受"忽视与忽略"，恶果是显而易见的，人人得以口诛笔伐，可是，精神上因为"忽视与忽略"所导致的负面效果，却不是很显著的，往往等病症浮现时，亡羊补牢，为时已晚；更令人心寒的一种现象是：这种负面影响有时会像无形的病毒，静静潜伏体内，有朝一日身居要职时，才骤然爆发，贻害众生。

身体缺乏该有的营养，我们可以靠补品来滋补，可是，脑子缺乏养分而造成的损伤，却是永久性的。

不知道父母在精神世界上"忽视与忽略"孩子的成长，算不算是另一种形态的"虐待儿童"呢？

石

每个孩子出世时，都是镶嵌在父母心坎里的一颗"宝石"。很璀璨、很夺目、很珍贵。左看右看、横看竖看，都毫无瑕疵。这个时期，孩子是"言听计从"的小天使，要他圆，他便圆、要他扁，他就扁，甚至，要他变三角形或不规则形，都不成问题，亲子关系圆满无缺。然而，值得注意的是：父母"盲目的溺爱"往往像无形的锥子，常常会让表面晶光灿烂的"宝石"生出肉眼难以觉察的"裂痕"。这种裂痕所导致的"内伤"，肯定是终生无可弥补的。可叹的是：许多父母，事事"锱铢必较"，在养儿育女这一码事上，却完全不懂得"保值之道"，白白糟蹋了手中原本价值连城的珍贵"宝石"，使爱他变成了害他。

孩子一寸一寸地成长，在积极长大、长高的同时，也无可避免地长出了满身尖尖的刺，像斗志顽强的牛，一天到晚都活在无可名状的愤怒里。这时，在父母眼中，他们已由纤丽的"宝石"变成粗粝的"矿石"了。看它，它刺眼；触它，它扎手。这时，倘若父母是"顽石"，必定会与棱角处处的"矿石"碰撞出灼人的火花，伤彼伤己。实际上，孩子变矿石，就像"种子到了春天会发芽、叶子逢及秋天会变黄"这种大自然运转的规则一样，父母应该以酿酒般的心态和耐性，静静忍受佳酿在酝酿过程当中所发出的异味；在特定的时期过后，异味自然会消失而散出满天满地沁心的酒香。许多不谙此中道理的父母，往往在碰撞的过程中弄得遍体鳞伤，淤痕处处。须知人生有些伤势在痊愈之后是会留下终生不褪的伤痕的，父母被矿石刮痛之后如何不在盛怒之下化成伤人的利刃，是一门终生学之不尽的大学问。明智的父母应该清楚地知道而且明确地记得，在那遥远的年月日，他们本身曾经也是长辈眼中尖角处处的"矿石"呵！将心比心，能不多加体谅吗？

日子流逝无声，身为父母的，心上还清晰地残存着为"矿石"刮伤的痛楚，却惊喜不已地发现上了大学的孩子不动声色地、脱胎换骨地变成了"鹅卵石"。无棱无角的"鹅卵石"，看在眼里，柔美细致；拿在手上，柔滑细腻。它淡定自在地绽放着宛若凝脂般的亮泽，营造出一个温馨和谐的世界。过去针锋相对的戾气，此时已化成了一股关怀备至的祥和之气。亲子关系，臻于化境。

当似水年华将双亲两鬓化成斑斑白雪时，亲爱的孩子又摇身一变，无怨无悔地成了"磐石"。"磐石"厚、重、大，风吹不动、雨打不坏，结实而又牢靠。为孩子劳劳碌碌地奔波一生的两个老人，累了，舒舒服服地傍在"磐石"上，休息。

话说回来，上述那些内有裂痕的"宝石"，在双亲年老之际，绝对不会化身为"磐石"来充当父母的"守护天使"，反之，他们会心急如焚地等——等双亲早日变为两块冰冷的"墓石"……

种子与土地

> 每一块地，总在耐心地等待一粒适合它的种子，而每一粒种子，也总在渴切地寻找一块适合它的土地。当种子听到了土地的呼唤后，便会去孕育那一片属于自己的收成。

上课才一周，这位学生便来找我，一张脸，阴森森的绿色，像是树上一片不慎被风刮落的树叶。她以颤抖的声音开门见山地对我说道："老师，我想见心理辅导员。"（为了帮助某些学生突破与化解心理上的问题，目前，每所学校都聘有专业心理辅导员。）

眼前这名女学生陈扇扇（化名）是以极为优异的成绩考入初级学院的。她上课时总是静静的，样子十分乖巧，根本看不出有任何的问题。然而，此刻，她神思恍惚地站在我面前，眸子里满满满满都是泪水。她颓丧地说："我再也念不下去了。"我关心地问："是家里经济出了问题吗？"她摇头。我又问："是碰到感情上的问题吗？"她又摇头，眼泪扑簌簌地掉落："我想退学，因为我觉得初级学院的功课压力太大了，我根本没有办法集中精神，每回上课，我整个脑袋便一片空白，一点东西也吸收不了！我不是不要念，根本就是无法念！可是，我如果退学，一定会伤了父母的心，我现在脑子很乱，不知道怎么办才好！"

这绝对是个棘手的问题，处理不好，后果堪虞。过去，当我在一所中学教书时，便曾碰过一名手艺极好而不善读书的女学生。她想退学，改学烹饪或缝纫，疼爱她的父亲执意不肯，口口声声说他已为她准备了上大学的费用了。孩子在功课的压力下，精神出了状况，我和校内的辅导组三番五次地请她父亲来校晤谈，劝请他让她退学，他心比石坚，左说右说都说不动他。结果，他的女儿受不了犹如魑魅魍魉般缠住她的沉重压力，在会考前夕跳楼自尽，给深深地爱着她的父亲留下了一生一世无法弥补的遗憾、愧疚和痛苦。

现在，我丝毫不敢怠慢，立刻给陈扇扇安排了心理辅导员。事后，辅导员告诉我：她的精神确实已到了难以负荷的崩溃边缘了，已劝她居家休息几天，冷静地考虑后再作决定。次日，我拨电给她，发现她好似天空一只迷失了方向的雏鸟，迷惑而又茫然，细细的声音里全都是湿湿的眼泪。

决定与她母亲详谈。

她母亲完全没有预想中的那种执拗和抗拒，反之，她温和而明理，声音饱饱地蕴含着关怀。她告诉我，她实际上已注意到女儿异常的状况，不过呢，由于孩子的父亲还抱着"望女成凤"的心态，所以，她才按兵不动，希望能给孩子多一点时间试试。在听过了我的分析后，她当机立断，当天下午便给孩子办了退学手续。

这是一位令人肃然起敬的母亲。她敢于面对现实、接受现实，更重要的，她又能以"快刀斩乱麻"的方式解决燃眉之急。

条条大路通罗马，身为父母的，应该了解，每一块土壤，都有不同的质地；每一粒种子，都有不同的性能。一块地，种不了甜润多汁的瓜果吗？试试营养丰富的豆子。也不行吗？试种油绿丰实的菜蔬。菜蔬歉收么？种种向日葵吧，说不定便会有满园让人目不暇给的艳丽！

每一块地，总在耐心地等待一粒适合它的种子，而每一粒种子，也总在渴切地寻找一块适合它的土地。当种子听到了土地的呼唤后，便会去孕育那一片属于自己的收成。

辫子里的笑声泪影

> 叛逆，实际上是孩子成长历程的一部分，而极具杀伤力的龙卷风，是足以摧毁孩子的自尊与自信的。

拥有一头好似瀑布般的黑发，是我这一生连做梦也嫌太奢侈的愿望，原因是我发质粗而硬，一根一根好似钢丝般竖得直直直直的，所以，由不识愁滋味的少年时期而至冷暖自知的哀乐中年，我一向都把头发修剪得短短的。

女儿诞生，成长，长出了满头亮丽的柔发；头发里，美美地藏着我未遂的心愿。五岁上幼稚园那一年，我便开始让她留长发。然后，每天早上，她坐在矮矮的小板凳上，让我为她悉心编织小辫子。万千黑发绕指去，丝丝缕缕皆温柔。她叽叽喳喳地说着童言童语，我晕晕陶陶地享受着她的纯真纯良。母女连心的感觉，像春天初酿的蜜，甜而浓。一日，为她的两条小辫子各个系上俏丽的蝴蝶结，她天真无邪地抓起右边的辫子，说："妈妈，这是您。"又抓起左边的辫子，说，"这是我。"一蹦一跳地上学去，辫子上的蝴蝶结，忽而左忽而右，好似两只翩翩飞舞的小彩蝶。

上了中学，嫌一左一右两条麻花辫子太稚气，要变换花样。我于是到处搜购美丽别致的发夹，想方设法让她满头青丝在我掌心里化出千百样的美丽。但是，这时，进入了敏感年龄的她，已由一头千依百顺的小绵羊变成了难以相处的小山羊了，头上的角，尖而长，偶尔碰及，痛不可当。渐渐地，她有了不愿让我分享的秘密，她关在房里用笔杆静静地对日记说，她坐在房外用电话悄悄地对朋友说，说来说去也说不完；然而，当我们亲昵地坐在一起时，我为她编织发型，她却选择沉默。那种沉默，是横在我心上的一堵墙。慢慢地，我的脸，也成了一堵墙，冷而硬。她是一只蚕，家是茧，她急于摆脱束缚，天天放学后往外跑。我呢，变成了终日阴阴地回旋着的龙卷风，她一回家，风便狠狠地刮向她，刮出了满脸的泪痕、刮出满心的伤痕。在这种"山雨欲来风满楼"的日子里，她的头发，依然无知无觉地长着、长着。然而，为她系发，已是意兴阑珊。

一日回家，赫然发现，她竟然毫不痛惜地剪去了长发，发尾削得飞薄，一脸的桀骜不驯。

母女关系，至此进入了结霜的严冬期。

我在袭人的寒气里静静地反省，终于接受了一个痛苦的事实：**叛逆，实际上是孩子成长历程的一部分，而极具杀伤力的龙卷风，是足以摧毁孩子的自尊与自信的。**痛定思痛，自行调整管教方策，减去苛责、减去苛求，给予大度的谅解、给予适度的自由。三尺寒冰，终于慢慢溶解。

上了初级学院以后，她的头发，又慢慢留长了。一日，忽然走进书房来，说："妈妈，帮我绑两条辫子，好吗？"几年未绑，手艺已疏，系好的辫子，一条粗一条细，怪模怪样，母女俩齐齐笑倒在地……

三封信

孩子，其实是水，水有自己的特质、形状、气味、流向；为人父母者，只要化身为无形的堤，让溪是溪、河是河、泉是泉、海是海，当它们欢畅地奔流着时，当会感受到山的阔、谷的深、天的高、地的宽！

其一：给家长的信

曾经，父母做成一个特定的模子，把你硬生生地套在里面，你在近乎窒息的不适中，变成了一只无能高飞的愤怒小鸟。

曾经，父母化身为大大的钳子，钳制你奔放如脱缰野马般的行为和思想，你在备受压制的氛围里，化身为令人退避三舍的刺猬。

曾经，父母利用各种道德的规范铸成一面亮亮的"照妖镜"，照出你千种万种的不是；你在动辄得咎的管教中逐渐失去独特的自我，成了人云亦云的鹦鹉。

曾几何时，当你为人父为人母后，却又"重蹈覆辙"地变为模子、钳子、镜子。

孩子，其实是水，水有自己的特质、形状、气味、流向；为人父母者，只要化身为无形的堤，让溪是溪、河是河、泉是泉、海是海，当它们欢畅地奔流着时，当会感受到山的阔、谷的深、天的高、地的宽！

其二：给老师的信

俯首甘为孺子牛的一群，手上通常有两样"武器"。

一是蜜糖，一是黄连。

你们给心目中的好孩子蜜糖，给印象里的坏孩子黄连。

然而，你们忘了，好孩子偶尔需要黄连而

坏孩子却更需要蜜糖。

化风化雨而诲人不倦的一群,有两句话,是长年不离口的,那就是:"听!"和"你明白了吗?"

其实,你们忘了,莘莘学子内心也同样响着这两句话:"听,请听!"和"您到底明白了吗?"

他们渴望双向交流,他们想要倾诉,他们更想要的是一双静静地聆听的耳朵。

赞美与批评,能恰如其分地提高学生的学习意愿;聆听与了解,却能适得其时地拯救迷途的羔羊。

其三:给少年的信

叛逆,是青春岁月的附属品。

你恣意挥舞着青春这块拭得发亮的盾牌,堂堂皇皇地把闯红灯而造成的喧哗视为两代间的代沟、将爱的唠叨当成噪耳的絮聒、把善意的束缚看作是捆身的绳子。

然而,亲爱的少年啊,当你跟跟跄跄地在狂欢过后的疲惫里步入家门时,可曾在朦朦胧胧的灯火下瞥见父母眼角的晶亮?当你鲁鲁莽莽地把语言化为无情的利刃时,可曾在父母脸上深深浅浅的皱纹里找到爱的伤痕?当你又气又恨地解开捆在身上的绳索时,可曾触摸到父母心房上那块又厚又大的茧?

纵是柔软的海绵,有时亦会感到痛楚。

少年无知的张狂,是无情的催化剂,能过早地把父母双鬓催化成雪。

无悔的苍凉

有一种很传统、很美丽的道德观，大家都一厢情愿地以为可以一代接一代地传下去；然而，非常遗憾地，它正悄没声息地分崩离析。

那是携幼、扶幼、助幼的概念。

那是敬老、养老、爱老的心念。

过去，兄长大学毕业后，供弟妹深造，是天经地义的事；然而，现在，许多年轻人却把这看成是"天方夜谭"。

说说一个千真万确的故事。

一名担任建筑师的中年男士，育有二子。长子负笈英国读医科，戴上方帽子后，任职于本地医院。就在这时，年届半百的父亲突然中风瘫痪。父亲是家中唯一的经济支柱，弟弟又刚刚飞赴美国深造，彷徨无主的母亲开诚布公地要求他承担弟弟读大学的费用，万万意料不到，他竟一口拒绝。他振振有词地说："照顾儿女，是父母的事情；要我负担弟弟的学费，不但于理不合，而且，对我也太不公平了！"心灰意冷的母亲，卖掉屋子，以售屋的款项供老二读书，再将老伴安顿在疗养院里，自己呢，租了一间三房式的政府组屋，悒悒地过活。老大自赚自用，置家人困境于不顾。当他挂着听筒为人听诊治病时，却忘了先医一医自己的心。

过去，为人儿女的，有了自立的能力后，不论薪金丰厚或菲薄，总会奉上一部分给父母,任由父母支配。然而,现在,为数不少的年轻人,却把薪水完完整整地保留给自己。平时,频频和朋友上豪华餐馆、买各种奢侈的日用品自我享受;休假时,便飞来飞去旅行,极端讲究物质生活的品质;可是,偕同父母来到小贩中心时,却连一碗面的钱也不肯为父母付。

日前,在公共场合听到甲乙丙三名妇人的对话,虽是闲谈,却也充分地反映出当前足堪忧虑的家庭与社会问题。

甲说:"赚好几千元一个月呢,半分钱也没给家里。"

乙说:"他没伸手向你拿钱,你可真幸运哪!我家老大,三天两头向我讨钱,美其名为借,可是,钱一出手,便再也见不到它回来了!"

丙说:"借钱?小儿科嘛!我家那个,老要我把银行积蓄提出来帮他买屋,我不肯,他居然说:以后,你走了,那些钱还不是全都归我,现在,提早一点给,又有什么关系!"

昨夜,一位年过五旬的朋友来访,他有三个儿子,全都是海外大学毕业生。原该居家安享清福的他,却决定下个月飞赴中东工作。他苦笑着说:

"我赚的每一分钱,全都拿去供孩子求学了。现在,退休了,两袖清风,孩子却又分文不给,难道坐以待毙吗?"

那语调,十分十分地苍凉,可是,表情偏偏却又是无悔的。

跌倒

人生，如果懂得以平常心来看待处于逆境的自己，大落、大困、大窘时，依然不亢不卑，云淡风轻；有朝一日，大起、大红、大紫时，才不会得意忘形而丑态毕露。

一向喜欢户外活动的朋友德力，因工作而到瑞士小住了几个月之后，有了"新欢"——他疯狂地爱上了高山滑雪。

年逾不惑，手脚却比头脑更为敏捷，滑雪课程只上了寥寥三次，便运橇如飞，他把这归功于滑雪教练"开宗明义"那几句充满哲理的话：

"别怕跌倒，雪那么软，怎么跌都跌不死的。"

实际上，学滑雪，如果担心跌倒，一双腿，永远是软的、无力的，还没起步，像先被心里的阴影绊倒了。

德力侃侃地说道：

"许多滑雪者从高高的雪山俯冲下来时，看到那一片茫然无际的白、接触到那一片深不可测的白，心便虚了，脚便软了，他们怕腿断、他们怕骨折，所以，想来个紧急刹车，结果呢，不但控制不了强劲的冲势，反而因为强行控制而跌得乱七八糟，有者甚至还伤到脊椎骨呢！"

不怕跌，实际上就代表了一种"不怕失败"的精神，象征了一种"不屈不挠"的毅力，表现了一种"屡败屡战"的斗志。然而，很多人并不知道，这样的一种性格特征，是自小由家庭熏陶培育出来的。

近读杂志,台湾活泉身心灵整合中心主任邱加利明确地指出:在孩子成长的漫长历程里,家庭常常在无意识中通过了现实生活里的不同事例,做了"似是而非"的示范。

他以孩子跌倒为例,家庭成员的反应,对于孩子日后性格的发展,往往会产生举足轻重的影响。

比如说,孩子一跌,惯于溺爱的祖母可能便会大力敲打地板,以充满了责备的口吻说道:"地板坏坏,害宝贝跌倒痛痛,打,我打打!"这几句话背后的意义是:"自己跌倒是别人的错。"长此以往,孩子可能便会在错误发生后毫不犹豫地归咎他人了。

慈爱妈妈惯常的处理方式是:速速取出可口的糖果,温柔地哄那个泪流成河的孩子:"乖乖不哭,糖糖给你吃!"借着食物转移注意力,让不好的情绪成为过去。这样一来,孩子成长后,万一遇上困难,也许便没有直接面对的勇气,更别说明智地寻找解决的方策了。

严厉的父亲呢,可能会"寓骂于爱"地斥责他:"笨蛋!好好的路竟走得摔跤!"这种管教方式的负面效果是:孩子以后遇到挫折,就一心认定是自己笨,即使真的有痛楚,不敢说,也不愿说。

邱加利指出:长辈应该与孩子站在同一阵线,一起面对不愉快的情绪,具体地去了解孩子痛不痛,需不需要擦药,然后,让孩子适可而止地哭几声,事情就平静地过去了。

跌倒,并不可怕,最重要的是:跌倒之后,不论伤势如何,都应该冷静地面对——要包扎、要敷药;或是要上石膏、要动手术,都应理智地决定。

人生，如果懂得以平常心来看待处于逆境的自己，大落、大困、大窘时，依然不亢不卑，云淡风轻；有朝一日，大起、大红、大紫时，才不会得意忘形而丑态毕露。

满溢的茶

这一则小故事,看似稀松平常,但却充满了令人深思的力量,特引述如下:

南因先生家里来了一位客人,要向他请教学问。可是,客人没有听他讲话,自己却滔滔不绝地大谈特谈。少顷,南因端来了茶,他把客人的杯子倒满以后仍在继续倒。客人终于忍不住了,喊道:"你没看到杯子已经满了吗?再也倒不进去啦!"南因这才住了手,一脸平静地应道:"你说得对。和这个杯子一样,你自己已经装满了自己的想法。要是你不给我一只空杯子,我怎么给你讲呢?"

再说说一则有趣的生活故事。

有一对夫妻婚姻出了问题,找婚姻咨询师协调。婚姻顾问分别会晤他们。他对丈夫说:"你必须学习聆听你妻子说的每一句话。"之后,又对妻子说,"你一定得试着聆听你丈夫没有说出口的每一个字。"过后,夫妻两人,不但重修旧好,且如胶似漆。

聆听,是一种需要,是一种尊重,也是一门艺术;可惜,目前懂得聆听、愿意聆听、喜欢聆听的人已越来越少了。大家都忙着自说自话、忙着自圆其说、忙着自吹自擂。你说你的、他讲他的,一屋子都是声音,双方都抢着以自己心中固有的意念去"蹂躏"对方的听觉,偏偏彼此都听不到对方在说什么,就好像是打壁球一样,从嘴里流出来的话,宛如圆圆的球，一颗一颗，全都击向了墙壁，发出了空空洞洞的回响。

啊，真是一个声音满满而又寂寞无比的世界。

在过去的年代里，我们都爱听。

我们听啊听，听祖父祖母说他们从中国移民到南洋的故事——他们那种披荆斩棘的奋斗精神，强而有力地塑造了我们不畏艰苦的人生观。

我们听啊听，听父亲母亲说他们应付生活艰难那种种惊涛骇浪的经历——他们处处化险为夷的智慧和韧力，不知不觉地形成了我们遇事不惊的生活观。

我们听啊听，听老师授业解惑，他们用之不尽的学问和取之不竭的知识，坚不可摧地为我们建设起全面而正确的价值观。

时转势移，现在，年轻的一代不愿意听、不喜欢听，身为长辈的我们，只好"安分守己"地当个老老实实的听众，然而，然而呀，钻进我们耳朵里的，却是好高骛远的狂言、凡事不满的怨言、心口不一的胡言、不堪一击的谎言……啊，好一个令人迷失的时代！

圣诞老人

曾有人把人生分成四大阶段：

第一阶段：相信世界上真的有"圣诞老人"。

第二阶段：知道"圣诞老人"是子虚乌有的人物。

第三阶段：自己成了"圣诞老人"。

第四阶段：长成了"圣诞老人"的模样。

凡人能够循序渐进地经历上述这四个阶段，必定有个圆满而又扎实、幸福而又快乐的人生。

——他的童年，充满了奇异的梦幻和美丽的憧憬。

——成长之后，他脚踏实地，实事求是。

——人到中年，施恩施福，为善最乐。

——迈入暮年，事事惬意，心广体胖。

然而，对现代人而言，这四个阶段，却出现了交错混乱的现象，它不是顺序而下的。

由于生活安逸，饭来张口，衣来伸手，加上日食多餐，营养丰富，年纪小小便"长成了圣诞老人的模样"，脸圆肚圆胖嘟嘟，脸红唇红颊鼓鼓，人见人赞人人爱。

圣诞铃声响起时，五彩缤纷五花八门的礼物纷至沓来，被礼物装点成一棵"圣诞树"的他，真心真意地"相信世界上真的有圣诞老人"，这一信，便信了很多很多年。那是一种比"宗教信仰"更为虔诚的信念、是一种连八级地震也动摇不了的信念。

成长之后,他依然还是坚信"圣诞老人"是真有其人的,他还是继续享受着各种各样来自"圣诞老人"的福利和恩泽。他一心认定,"圣诞老人"永在身边;更明确地说,在某种程度上、在某种层面上,他极有"智慧"地拒绝成长。

生他养他的"守护天使",于是兼任永远的"圣诞老人",在精神生活与物质生活上,给予他双重的照顾。在他处于天真无邪的年龄里,"圣诞老人"买玩具汽车给他,买砖砌童屋给他;到了他该自食其力的年龄,"圣诞老人"还是扮演着原来的角色,花钱买车,让他神神气气地在马路上风驰电掣;斥资买屋,让他舒舒服服地安居于内。

"守护天使"慢慢老去,积蓄渐渐用罄,再也无能扮演"圣诞老人"的角色了,那个一直拒绝长大的"孩子",一下子忽然长大了,他终于了解,该由他充当"圣诞老人"了。

他四处物色,寻寻觅觅,终于,找到了一家老人院,如释重负地将双足不良于行而记忆日益模糊的父母"妥当"地安顿在内。

这是他送给父母亲的一份迟来的"圣诞礼物"。

而且,是唯一的一份。

妈妈的鼻子好长好长

说说一个有趣的生活小插曲。

一日,在路上行走,前面有名少妇,牵着个张口哇哇地哭着的小男孩,妇人百般劝解,婉言诱哄,都止不了男孩的哭声,正一脸无奈、满心不耐之际,前方"适时"地走来了一个警察,妇人立刻"把握良机",指着那位警察,杀气腾腾地说道:

"哭啦哭啦,你再哭,我就叫警察抓你!"

这一招果然奏效,小男孩脸露惧色,哭声霎时弱了下去,那种泪痕满脸而又强忍悲伤的模样儿,让人看了十分不忍。

没有想到,那位年轻的警察这时突然出其不意地开腔说道:

"小弟弟,放心啦,你又没有做错事,我是不会抓你的啦!"说着,转过头去,一脸正色地对着表情尴尬的少妇说道:"大嫂,你不应该利用警察的名义来恐吓小孩的!"

这警员,不甘平白无故地沦为民间百姓用以吓人的"工具",更不愿天真无邪的小孩对身负维持治安重任的警察产生误解,于是,"把握良机",安抚小孩,指正成人,一石二鸟,一举两得。

家庭,是幼儿启蒙教育的温床,然而,许多家长却常常在自己也难以觉察的情况下,以一种全然错误的方式,把价值观传达给孩子。

最为典型的一个例子是:身为母亲的,常

常教导孩子要诚实,然而,她们自己偏偏又不厌其烦一遍又一遍地说着这个人人耳熟能详的"经典谎言":

"孩子,千万要记得,不要撒谎呀,不然,你的鼻子就会像小木偶一样,变得长长、长长的!"

嘿嘿嘿,如果这话应验的话,恐怕天下许多母亲都得想方设法安置自己那条长得像大象一般的鼻子了!

也有些母亲,就地取材,时不时咬牙切齿地恫言:

"不听话吗?好,把你卖给拾破烂的!"

于是,有好多好多年的时间,孩子一看到拾破烂的,便吓得汗毛直竖,怕得六神无主。吓着、怕着,一寸一寸地长大了,有了明辨真伪的能力后,才发现那仅仅只是一则半点儿也不可爱的谎言,跌足追叹自己虚惊多年。奇怪的是:在惊吓中长大的这个人,一旦当上了母亲之后,却又依样画葫芦地重蹈覆辙,自家孩子一哭,居然毫不迟疑而又毫不痛惜地扯着喉咙喊道:

"不听话吗?好,把你卖给拾破烂的!"

媳妇熬成婆,声音更大、气势更壮;可怜的孩子,又在惊吓中一寸一寸地长着、长着……

绊脚线

绑他,别绊他。否则,爱他反而变成害他。别家,其实是他努力奋斗的原动力、驱策力。别

读中国著名摄影家焦波的自传体作品《俺爹俺娘》,知道他所成长的鲁中山区有一个非常有趣的风俗,叫做"割断绊脚线"——当孩子蹒跚学步时,年长的老人就会拿一把菜刀在孩子的两腿间划一下,将肉眼看不到的那条系在孩子两腿间的"无形的线"割断,这样一来,孩子便会走得利索、走得稳健、走得长、走得远。

可别小看这个简单不过的仪式,它有着一种不容忽视的潜在性危险:刚学步的孩子脚步不稳,摇摇晃晃,迈第一步十分困难,往往迈出的脚还未落地,身子便往后晃,一下子便坐跌到地上,而在割绊脚线时,亲人是绝对不得扶他的,所以,拿菜刀执行仪式的老人必须眼明手快,在孩子抬起一只脚那电光石火的一刹那,速速速速地将那把磨得寒光闪闪的大菜刀伸入孩子的裤裆间,快如闪电地向下一切、向后一划,便算大功告成了。倘若眼不明手不快,万一孩子坐跌,便会惨惨地坐在刀背上了。

割绊脚线,嘿,真有意思。

实际上,在漫长的一生里,我们常常在不知不觉之间成为别人的"绊脚线",饶具讽刺的是:这些被绊住脚的,常常是我们至亲至爱的人:伴侣、儿女。

爱得深,便怕得紧——怕伴侣陷入无处不

在的诱惑里、怕儿女像离巢的鸟儿一去不回头。

怕得紧，便管得严——夫妻之间起勃豀，长幼之间起龃龉，全因一方努力想挣脱另一方那根"爱的绊脚线"。

实在挣脱不了时，往往便会产生两种"后果"：一种情形是，一方本着"家和万事兴"的心态，颓然放弃一些原本可以大展拳脚的机会，在那个表面上一团和气的"安乐窝"里悒悒相守；另一种情形是：一方权衡轻重后，自行割断那根"绊脚线"，在不想回头的决裂里，自谋幸福。

实际上，如果心中有爱，而又希望爱得天长地久，便应该在一种互相尊重与互相信任的关系里，用智慧的大刀，自动把那根无形的"绊脚线"永永远远地砍断。给他自由、给他空间，让他发展、让他翱翔。没有了"绊脚线"，他走得快、走得稳、走得远，但是，不论走到哪里，他心坎里，永远有家；而不论走得多远，他一定会回来、想回来、要回来。

家，其实是他努力奋斗的源动力、驱策力。别绑他，别绊他。否则，爱他反而变成害他。

行孝之道

朋友阿星从马来西亚省亲回来,满心郁闷、满肚牢骚。

为求尽孝,他千辛万苦地从繁忙的工作里挤出一个月的时间,老远地赶回家去,陪伴年过八旬的老母亲,共享天伦之乐。

然而,就和以往无数次一样,母子俩屡屡起冲突,弄得大眼瞪小眼,气氛极僵。

最为矛盾的是,冲突的起因是"爱"。

阿星又急又气地对我说道:

"我一向对吃完全没有兴趣,从小到大,每顿饭总要家人喊上五百次才肯上桌。可是,离家出国之后,母亲好像完全忘记了我是个不爱吃的人,每次回乡探望她,她便待在厨房,大汗淋漓地煮出满桌的鸡鸭鱼肉,我食欲不强,又心痛她操劳,语气便失控;她觉得我不领情,脸色自然也不好。最让我受不了的是,我买滋补的燕窝和价昂的鲍鱼给她享用,她却通通拿来煮给我吃!不吃嘛,浪费;吃了呢,心里又不爽,明明是买给她享受的呀,却又莫明其妙地落回我肚子里!嘿,她还不怕麻烦地包粽子哪!足足忙上一两天,蒸好的粽子堆得好像小丘一样高;我嫌粽子撑胃,最多只吃那么一两个。你说你说,她这不是自讨苦吃吗?"

阿星的老母亲,是名副其实的饕餮,然而,她嗜食的偏偏都是些不利于高龄的肉食;

每回阿星看到她吃得满嘴油腻，总用犀利的语言批评她，甚至，拦着不许她吃，母子俩当然又是闹得不欢而散了。同样的事情一再发生，桌上相见，已变成了一种无形的压力了。

母子俩除了在"吃"这码事上生出歧见之外，阿星希望他母亲能够在家安享清福，可他母亲却总喜欢往外跑，尤其是村里有红事白事，她最来劲，阿星苦恼地说：

"她居然去帮人煮大锅饭！你想想看，煮大锅饭，要使多大的力、费多大的劲！一个白发苍苍的八旬老人，还得为这些不必要的琐事杂务操心，我能不心疼吗？我能不干涉吗？可是，我一开口，她便生气，她觉得助人为快乐之本，越做便越有成就感。"阿星皱着眉头，继续说道，"人的身体是不能复制的，老了以后，对于已经退化的器官，就必须加倍小心地照顾呀，我妈这样不爱惜自己，着实令我生气！"

阿星事亲至孝，然而，他不晓得，行孝之道不是"一加一等于二"那般理性的，它掺杂了许多"不按牌理出牌"的感性成分。我们不能一味依照自己的认知和感觉去管束年迈的父母，尤其是当他们已年过八旬，我们更得顺着他们的心意去宠他们。

阿星的母亲，其实极懂生活的哲学。她享受美食、享受劳动、享受良好的人际关系，然而，阿星却基于善意而处处"从中作梗"，自然惹得她不痛快了。

另外一位朋友阿琼，在为她母亲办完丧事后，以沉痛的语气对我说道：

"我最后悔的一件事，便是为我年迈的母亲请了佣人。自从有了佣人之后，母亲便常常坐在窗口旁边发愣，一脸怅然若失的样子，我还时常为此而批评她身在福中不知福哪，多残忍啊！"

向阿星复述了阿琼的话，他不语。

次日，发来了电邮，写道：

"我试着站在母亲的角度来思考，对于她的感受也较能体会了。以后，她爱怎样就怎样，我再也不干涉她煮美食、吃肥肉、当义工了；还有，她为我炖燕窝、包粽子，我也要欢欢喜喜地吃下去！"

啊，阿星终于明白，孝道是有多种形式的！

聆听

> 聆听，是一门艺术，也是一种必要。

安装了一个新的电脑软件，但是，一再点击，都无法进入状态。坐在身畔的朋友看到我操作的情况，忍不住笑了起来，说：

"你太心急了呀，电脑还在和新的软件对话，想要确定新软件的存在，你却在它们悄悄对话的当儿，三番几次地点击，一点儿耐心都没有！你应该知道，每一次的点击，都是一种无谓的干扰，你使电脑变得无所适从，它当然无法听命于你啦！你应该耐性聆听电脑的需要啊！"

当头棒喝。

聆听，是一门艺术，也是一种必要。可是，在分秒必争的繁忙社会里，这门艺术，已被淡忘；这个必要，已被忽略。

孩子不听父母的话。

父母把教诲的语言搓成一条长长的绳索，想去捆绑孩子，孩子一看到那条绳子从上下左右飞过来、自四方八面抛过来，闪避唯恐不及，哪会乖乖站着让话入耳？道行低的，耷拉着脸，寻找逃遁之道，父母于是声色俱厉地呵斥："站住，你给我听着……"道行高的，纹丝不动，但是，左右两耳都贴上了"此路不通"的隐形标签；父母最初上当，滔滔不绝，然而，姜毕竟是老的辣，说着说着，便发现了听者藐藐，于是气冲斗牛地喊道："我说的话，你到底听进去了吗？"

不听父母的话，孩子在人生的道路上磕磕绊绊地走，一路走一路跌，轻则满身淤伤，重则成千古恨。在血流如注的痛楚里、在回头无路的绝望里，他们耳边模模糊糊地响起了父母当年的话，那一番他们听不入耳或者刻意不听的话，于是，后悔化成匕首，直捣心窝；遗憾变成浪涛，他们惨遭没顶。

父母不听孩子的话。

有时，孩子有心事要向父母倾诉，忙忙碌碌的父母没时间静下心来听，不是敷衍塞责"嗯嗯啊啊"地漫应着，就是快刀斩乱麻地"切断线路"："有话改天再说吧，我正忙着呢！"

忙昏了头的父母冷漠地关闭了孩子求助的大门，宛若迷途羔羊的孩子在毫无选择的情况下转向了损友。父母一无所知，还信心满满地以为自己酿的是上等好酒，骤然发现满坛竟都是发酸的醋，在措手不及的错愕里、在痛苦万分的迷惑中，苦苦反省，终于懊悔地发现，是自己"不愿聆听"的疏忽把孩子亲手送上歧途的！

有时，孩子有事情向父母解释，性子急躁的父母没有耐心倾听，只主观武断而又气势汹汹地说道："你都已经错了，还解释个屁！"

饱受冤屈的孩子，也许会以父母始料不及的激烈反应，做出让父母抱憾终生的事情。在白发人送黑发人的人间惨剧里，肝肠寸断的父母，在摧心的自责里，内疚万分地发现，把孩子送上绝路的罪魁祸首竟然就是自己"不肯聆听"的绝情！

枕边人不听枕边人的话。

天长地久的婚姻使双方感情像是褪色的花布，谁都不听谁的。

一方说："你在听吗？"另一方机械地应："在听。"说的那一方知道听的那一方没有在听，而听的一方也真的没有在听。慢慢慢慢地，屋里的两个人，竟变成了模模糊糊的影子，灰色的影子。影子，是不说话的，但是，影子会飘；慢悠悠地飘向屋外，飘向另一双愿听、想听、渴望听的耳朵……

这是一个充满了声音的年代，一个嘈杂喧闹的年代。

但是，这也是一个寂寞的年代，一个寂寞绝顶的年代。

因为呵，大家都没有一双愿意、乐意聆听的耳朵。

爱的教育

当软性的劝导起不了任何作用时,责打,实际上就是一种爱的表现、爱的方式、爱的教育。

艾珊是我的远亲,结婚之后,移居美国,迄今六年,膝下犹虚。最近,返国省亲,聚餐时,人人打趣地问她到底几时才想当母亲,万万没有想到,她居然正色答道:"我根本没有打算生儿育女。"就在大家愕然的注视下,她娓娓说道:"在美国养孩子,就好像在身上捆根绳子一样,这也不能、那也不行,限制太多了,你们想想,孩子是自己的骨肉,生了下来,却不能按照自己的意愿来教养,还有什么意思!"她接着举了一个千真万确而又令人啼笑皆非的实例,人人听后都大摇其头。

这事,发生于纽约。一名母亲,带着稚龄的孩子到某大购物中心去,有人在购物中心入口处失手打破了一个玻璃器皿,满地都是闪闪发亮的玻璃碎,孩子一时好玩,挣脱了母亲的手,跑上前去,以双脚猛猛踩踏那些尖尖细细的玻璃碎,母亲情急之下,一把将孩子揪了起来,在他屁股上重重地拍打了几下,孩子哇哇大哭。这一幕被闭路电视拍了下来,结果,母亲因"虐待儿童"而被判入狱数周。

姑且不论这特定事件的是与非,真正值得我们深思的是:责打,是不是一定就意味着"虐待"呢?

台湾著名作家林海音,有一篇脍炙人口的作品《爸爸的花儿落了》,是我百读不厌的。文中记载,她读小一时,有赖床不起的坏习惯，常常迟到。一日，下雨，又不肯起，父亲进房来唤她："怎么还不起来，快起，快起！"她说："晚了！爸！"父亲说："晚了也得去，怎么可以逃学！起！"一个字的命令最可怕，但是，她居然违抗命令，赖着不起。父亲气极了，一把将她从床上拖起来，从桌上抄起鸡毛掸子倒转过来拿，藤鞭子在空中一抡，就发出"咻咻"的声音，她挨打了。父亲把她从床头打到床角，从床上打到床下，外面的雨声混合着她的哭声。她哭号、躲避，像一只狼狈的小狗。最后，还是得带着满身一条条鼓起着的、发红而又发热的伤痕，冒着大雨，上学去。在学校里，老师一如往常般，要学生静默地反思："是不是有听爸妈的话？功课是不是都做完了……"就在这时，父亲瘦瘦高高的影子突然出现在课室外面，她一看，刚安静的心又怕起来了，以为父亲居然追到学校来打她了，没有想到，父亲却是专诚来给她送御寒的花夹袄和零用钱的。经过那一次让她终生铭记的责打之后，每天早晨，她都是等待校工开大铁栅校门的学生——冬天的早晨，她捧着热乎乎的烤白薯，边吃边等；夏天的早晨，她举着准备送给老师的玉簪花，微笑地等。到了小六毕业时，她当选为学生代表，上台致谢词。

　　童年这一场隐含爱意与善意的责打，影响了她长长的一生。

　　身为父母、师长，我们当然不鼓励毫无原则的体罚，可是，有时，**当软性的劝导起不了任何作用时，责打，实际上就是一种爱的表现、爱的方式、爱的教育。**

肢体语言

> 一个结结实实的拥抱、一个真心实意的拥抱,比任何语言更管用,也比任何道歉更能触动人心。

接受邀请,在中国一所大学以"亲子关系"为题发表演说。

演讲过后,在自由对答的时间里,一位女学生站起来,礼貌地问道:"我可以说一些心里话吗?"我微笑颔首,她随即神情严肃地说道:"过去,读小学时,我和母亲,关系十分亲密,可是,上了中学后,我觉得她把我管得太严了,双方时时发生摩擦,关系变得非常紧张,有时,一两个月不说话也是常事。现在,我离家上大学了,住在宿舍里。成长与成熟,促使我思考,回想过去种种,觉得自己亏欠母亲实在太多了。我很想和她说一声对不起,可我老说不出口。我也很想敞开心扉和她讲讲我现在内心的感觉,然而,过去这几年僵化的关系,使我开不了口。尤今老师,请您指点指点我,我该怎么办?"

我一字一句慢慢地说道:"好孩子,许多时候,一个拥抱,胜过千言万语!"

拥抱。

一个结结实实的拥抱、一个真心实意的拥抱,比任何语言更管用,也比任何道歉更能触动人心。

对亲子关系而言,肢体语言,就是最美丽的语言。遗憾的是,在成长的过程里,原该越走越近的上下两代,基于各种各样的原因,却越变越疏离。

双方都有爱，但是，那爱，像是一坛密封的酒，酒坛被盖子紧紧地封着，酒气点滴不泄。大家都清清楚楚地知道酒坛就搁在那儿，而醇美的酒，就装在酒坛内，奈何一直闻不到扑鼻的酒香。

曾有一位母亲，一脸懊恼地向我投诉她儿子的冷漠：

"自从上了中学后，他便不让我牵他的手，好像我的手长满了碰不得的毒素；即使两人一起出门去，也总和我保持着一段距离！"

然而，当我和她那就读中三的儿子进行沟通时，他却一脸不耐烦地说道：

"我已经长得比她高了，她还要牵我的手，让同学看到了，多难为情！"

孩子不明白，肢体语言，就是爱的语言。就算孩子已届耳顺之年，白发苍苍的老母亲还是愿意牵着他、搂着他，唤他"宝宝"。

认识一名教师，在中国北部省份的乡村执教。乡下人在入眠之前，常常有浸脚洗脚的生活习惯。有一回，他以"洗脚"为题，要求学生为母亲洗一回脚，然后，把内心的感受写成散文。

题目一出，学生哗然，都不喜欢，认为老师给他们出了一道大难题，原因是他们从来、从来不曾如此做过，虽然在成长的过程里，母亲给他们洗脚是"日常课业"。

然而，老师坚持。学生无奈，只好勉为其难地接受。

出乎意料的是，在后来呈交上来的作业里，无数学生却在文章里表达了内心的极大激动、欢喜、惊讶、感动。

有一位学生坦白指出，他起初抗拒，是因为上了中学之后，他和母亲之间便不曾再有过任何的"肢体语言"，可是，现在，老师居然要他为母亲洗脚，他觉得尴尬又为难。好几个夜晚，看到母亲打水洗脚，他都开不了口。迟疑再三、踌躇再三，终于，有个晚上,他鼓起勇气,说:"娘,今晚,就由我来帮您洗脚吧!"母亲一脸错愕,连连摆手,说道:"不必,不必啦!"在他不容拒绝的坚持下,母亲终于"受宠若惊"地坐了下来,在"难以置信"的快乐里,静静地享受让儿子为她洗脚的极大乐趣。儿子在接触到母亲双足的最初几秒时,震惊了、战栗了、颤抖了。他从来没有想到,母亲的脚,母亲那双长了厚茧的脚啊,竟然如此、如此地粗糙!然而,正是这一双粗糙得可以割伤丝绸的大脚,日日踏在田地的泥泞里,辛辛苦苦地种出了让一家人饱肚暖心的粮食!他洗着、洗着,心里起着一阵又一阵温柔的悸动,一种"母子连心"的感觉,也在此刻像潮水漫过原野一样地溢满了他的心,他觉得他和母亲从来、从来不曾如此亲近过。接着,"奇迹"发生了,从那一晚起,每夜,他都勤快而又愉快地为母亲打水洗脚,母子俩在"心连心"的亲昵里,交谈、交流、交心。

啊,洗脚,不正是一种动人的"肢体语言"吗?

防压堤

> 我们不能在洪水泛滥时才筑堤挡洪，未雨绸缪，可以阻遏悲剧的产生。

在自家园圃里种了一整排小红花，花开不辍，娇柔的姿彩把我的日子点缀得缤纷亮丽。然而，最近这一段日子，只见叶子不见花，园圃一片单调暗沉的绿。我暗忖，不开花，也许是肥料下得不够吧？买了一罐颗粒状的花肥，拼命抛撒；然而，白费心机，簇簇花儿，硬是不肯绽放。

一日，朋友到访，知他精于园艺，求询于他。毕竟内行，一经检查，端倪便显，他说：

"植物生病了呀，你看，花苞全都给病虫啃掉了，只剩下一个个小黑点。你且说说，没有花苞，鲜花又哪能怒放？其实，你现在该做的，不是施肥，而是灭虫！"

一针见血。

对症下药，买了杀虫剂，根据指示，每隔一周喷洒一次；一段日子过后，果然便迎来了一大片怡人的绚烂，簇簇红花，迎风招展。

说起来，植物与人，其实是有很多共同点的。

我便常常听到来自学生家长沉重的叹息：

"每个科目都给他请了补习老师呀，可为什么他还考不出好成绩？"

这类家长不知道，孩子倘若"生病"了，是"虚不受补"的；家长如果不及时治疗，拨乱反正，一旦孩子病入膏肓，就算服了"千年灵芝"，也无济于事哪！

最近，年轻人自杀的新闻层出不穷。

走上绝路，原因当然不是单一的，然而，导火线必然和压力有关，压力可能来自学业、感情、事业、金钱等等。

问题的关键是：年轻人为什么如此缺乏抗压的能力？

假设我们是果农，那么，我们究竟要在自家的园圃里种出不堪一击的绚丽草莓，抑或是无坚不摧的朴实椰子呢？

身为父母的，如果自小便把学业的金牌铸造成孩子人生唯一的追求目标，当孩子发现他所苦苦追求的只是"海市蜃楼"时，很容易便会因为希望幻灭而在四面楚歌里自行了结。然而，如果父母从小便能在精神与心理上为他们建设一个牢固的"内在城堡"，当他们在实际的生活里碰壁后，便会抱持"留得青山在"的心态，退居"城堡"，沉着地静思对策；或者，乐观地另起炉灶。

好几年前，国际扶轮社曾在台北区主办一项饶具意义的征文活动"父亲给儿女的一封短信"，其中荣获"短信金笔奖"的三封信，留给我难以磨灭的印象。

台南市的刘琼琪如此写道：

"孩子：人的本质与大自然的石头材质一样有等级，像钻石、宝石、玉石、大理石、石头等。你考试成绩虽然像石头，但人格却像上等钻石。"

彰化县的谢阌生是这样写的：

"孩子：你问你为什么无法走路。因为——上帝因材料不够，想让每个小天使分担一些缺陷。有个天使愿意承受这苦难——孩子，你就是那天使。"

另一位署名"不留刷子的爸爸"则别具深意地写道：

"送你两把受用无穷的刷子。一把用来随时清除心中的污垢，刷出——本来自性。一把作为此生赚钱养家的技能，刷出——幸福人生。"

显而易见的，以上这三位睿智的家长，都在孩子年幼时，积极地为他们建设"防压堤"。

我们不能在洪水泛滥时才筑堤挡洪，未雨绸缪，可以阻遏悲剧的产生。

祸根

赫尔丝是我初识的朋友，知道她在澳大利亚一所幼儿园担任心理辅导员时，我好奇地问道：

"幼儿园的孩童，才四五岁，哪来的心理问题？"

"怎么没有？"她正色地说，"严重得很！"

她举了两个例子。

约翰才四岁，但却患上了"歇斯底里症"。每天早上，保姆一端上牛奶，他便大喊大闹，大哭大叫；更为古怪的是，在哭闹着时，瘦瘦的脸总难以遏制地闪出一抹惊恐的青光，那是一种令人揪心、使人不安的神色。

经验丰富的赫尔丝知道，问题一定来自他背后的家庭。经过抽丝剥茧、层层深入的调查，赫尔丝终于发现，约翰的父母经常在吃早餐时发生龃龉，有好几次吵得不可开交时，他父亲拿起桌上的牛奶泼向他母亲，接着，两人便粗暴地扭打成一团。

约翰因此而患上了"牛奶恐惧症"，原本香醇的牛奶对于他来说，已不是一种单纯的饮料了，它变成了一个充满了暴力的"暗号"，一个代表着"掌风拳影"的"符号"。

有人建议让约翰改喝其他饮料以取代牛奶，可是，赫尔丝却认为这只是治标之策；要治本，必须彻底铲除约翰内心深处的恐惧。

"我录下了一套电视短片,片子里,有着一家人共用早餐而谈笑风生的温馨画面。片子里的男童,快乐地喝着牛奶,嘴边泛着白色的泡沫,样子惹人发噱。我把约翰抱在怀里,一遍又一遍地把短片播放给他看,一方面借此而消除他对牛奶的恐惧;另一方面,也让他知道牛奶不是一种攻击他人的武器,而是一种快乐的饮料。"

更重要的是,赫尔丝和男童的父母亲进行了沟通;当约翰的双亲知道自己的行为给儿子的心理带来了严重的负面影响时,都觉得愧疚万分。

他们俩寻求婚姻咨询师的协助,积极改善婚姻状况,以温暖的爱帮助男童补缀心灵的碎片。终于,他们通过诚心的努力成功地驱除了男童心中的阴影,现在,约翰已不再是一只惊弓之鸟了,而在看到牛奶时,他也能快乐地拿起杯子大口地喝了。"

赫尔丝指出,倘若家长愿意配合辅导工作,往往事半功倍;然而,如果碰上不明事理的家长,纵使华佗再世,也难以妙手回春。

五岁的安德鲁,便是一个典型的例子。

安德鲁是家中独子,三千宠爱在一身,在家里为所欲为。来到幼儿园后,处处受到制约,不适应,也不喜欢,行为因此而失控,常常无理殴打同伴,借此作为一种抗议的方式。老师觉察不到安德鲁内心的焦灼与不安,却只看到他表面的暴躁与暴戾,向他父母投诉时,他父母却反过来归咎于幼儿园管理不当,他们异口同声地说道:"他在家里并没有这样的行为呀!"

赫尔丝清楚地看到了问题的症结,因而尝试在教师和家长之间建立一道桥梁,反复解释,深入分析,试图说服家长与幼儿园合作,携手纠正安德鲁行为的偏差。无奈家长一心认定,幼儿园的环境不利于安德鲁的成长，执意让他退学。那天，看到家长头也不回地把约翰抱离幼儿园，赫尔丝仿佛已预见一棵被蛀虫入侵的树在千疮百孔中岌岌可危地成长；她手中有"杀虫剂"，无奈家长不让她使用。

她语重心长地说道：

"孩子自小心理生病，然而，基于各种因素而未能得到妥善的治疗，一旦成长，表面上看起来是健健康康的一个人，实际上却已病入膏肓！社会上的许多危险分子，便源于童年时无意中种下的祸根！"

勇敢的鱼

最近,在伦敦工作的次子方德,向任职公司申请了短假,自行策划到非洲的肯尼亚去旅行。

朋友惊叹:

"你怎么放心让他独自到这么危险的地方去呢?"

治安极坏的肯尼亚,的确不是观光的好地方。但是,旅行的真谛不仅仅是吃喝玩乐而已,多年以来,我从一趟又一趟的旅行当中不断开拓自己的视野,从一次又一次的旅途际遇里持续地调整自我的价值观,每每受惠无穷;也正因为这样,我深深地知道,放手让已成长的孩子决定自己的游踪,自行摸索、自行策划,把触角伸向一般游人难及的地方,让他内心那个隐形的"我"茁壮成长,对于他长长的一生,都有着无可估量的巨大影响!

我唯一能给予他提示的,便是防患于未然的警惕之心。于是,在电邮里,我如此写道:

"亲爱的儿子:肯尼亚失业率高,首都内罗毕治安极坏,无业游民和无家可归的流浪汉处处游荡,他们像猎鹰般阴险地躲在阴暗的角落头,游客全都是他们觊觎的对象。他们作案时,都是一伙人在一起的,所以,单枪匹马的游客,绝对不是他们的对手,你一定要步步为营,小心为上。入夜之后,不要出门;即使是白天,也不要到偏僻的街巷去,一旦发现可疑的人跟在你后面,你得立刻遁入商店以策安全。几年前,与我们住在同一旅店的英国旅客约翰,便在水街被洗劫一空,连护照也丢失了,麻烦成箩盈筐。如果撇开治安问题不谈,到肯尼亚去旅行,绝对是一个美丽的选择。这个幅员广大的地方,每一寸土地都有令人怦然心动的故事、每一尺空间都有让人惊艳至极的风光。我想,你应该以内罗毕作为旅游的起点,到其他小乡小镇去。勇猛好斗的马赛土著,目前在肯尼亚依然一成不变地按照过去的奇风异俗生活,有许多值得探索的空间。儿子,好好地看、尽情地玩吧!"

昨天,接到他的电邮,他如此写道:

"妈妈:我多带了几双心眼,处处警惕,已在内罗毕度过了安全的几天,您且放心。在内罗毕,让我最为感动的是,有许多来自世界各国的义工,放弃了原本舒适优渥的生活,在这个长年与贫穷和落后为伍的国家里,热心地推动教育与建设工作,无私地体现了人类的大爱;而这,也促使了我进行深层思考:究竟对物质无休无止的追求,是不是人生最大的目标?今天,我来到了一个叫做 Lamu 的古老小镇,它最特别之处在于禁止汽车的行驶,仅仅只允许使用驴子作为运输与交通工具。我充分地领略到了一种返璞归真的淳美无华、一种没有物欲横流的清纯明净。这样的生活,不叫落后,它叫超脱,是一般城市人所无法体会的美好境界……"

我至感欣慰,儿子的确是带备了心眼去旅行的;此外,我也确知,在我们多年无形的熏陶下,他已变成了一条勇敢的鱼。

孩子小的时候,我曾告诉他们一则有关鱼的小故事。

有一条生活于海洋中的小鱼,长年为父母所溺爱。父母把它藏在一块大石的缝隙中,以海藻为掩饰,不让它接触外面的世界。

父母每天把食物带回来喂它时，还不断地告诫它，外面的世界有多危险、多可怕。鱼儿的身体不断地壮大，可是，胆子却不断地萎缩。若干年后，父母去世了，鱼儿独自生活，它根本不敢离开那块藏身的大石，只有在肚子饿得不行时，才在万籁俱寂的深夜里，胆战心惊地游离大石几寸的地方，偷偷寻找果腹的东西。它足足活到101岁才死去，临终前，它含笑地对自己说道："我是条鱼瑞呢！"

这条"鱼瑞"，不曾看过美丽而又危险的旋涡，没有经历过惊涛骇浪；从来不曾见识过海洋那种一望无垠的磅礴，对于浩瀚大海千变万化的瑰丽色彩当然更是一无所知了！

我不要我的孩子做这样的"鱼瑞"。

不要。

水痘与痱子

身为母亲的,应该先用「痱子粉」把自己的「精神痱子」治好,再帮助精神出水痘的孩子度过这个艰难的成长期。

制造「痱子粉」的原料是……爱心、耐性、宽容、忍让、谅解。

　　陈家有女初长成,十六岁,宛若出水芙蓉,是好友洁媛心上的蜜糖。洁媛老早已为她规划好未来的发展蓝图,而温顺可人的陈玫玫也一步一步地走向、走近洁媛拟就的蓝图。美好的果实,似乎伸手可摘。

　　然而,最近,洁媛约我喝下午茶时,一向阳光普照的脸,却布满了山雨欲来的阴霾。一开口,话语成河,潺潺地流呀流的,砍也砍不断,止也止不了。

　　说的,都是她家宝贝陈玫玫的事。

　　"她简直就变了一个样子,和她说话,她爱理不理,好似我欠了她一百万,然而,手机一响,她就变得神采飞扬,又说又笑,把对方当成救世主;更可恶的是,怕我听到她和朋友的对话,刻意躲到房间去!以前,每个星期天都乖乖待在家里,就算要出门,也总是和家人在一起;现在呢,要带她逛街,总推三托四,可朋友一约,便飞奔而去,一去便是一整天,回家时,却又紧紧绷着一张债主的脸。我只要稍稍开口批评她几句,她就生气地说我把她当囚犯来管。过去,喜欢美食,不管我煮什么,她都吃得津津有味;现在呢,嫌东嫌西,不是说太油,便是说太腻,胃口变得好像蚂蚁一样小。最要命的是,她还批评我偏心。她原本和弟弟感情不错，现在却把弟弟当瘟疫，故意避开他，更甚的是，时不时和我翻旧账。记得小的时候，她有一回和弟弟大打出手，我非常、非常生气，用藤条鞭了她几下，站在一旁的弟弟，因为惊悸过度而簌簌发抖，我怕他惊风，便免去了他的责罚！这件事，已经过去好几年了，没有想到她竟然小里小气地翻出来讲，说我行事不公平，说我重男轻女，还说我给了她一个不快乐的童年！哎，我简直就让她给气炸了呀！"

听着由洁媛口中蹦出来这一桩一桩"似曾相识"的事件，我敢断定，二八年华的陈玫玫，正蓬蓬勃勃地发着青春少女特有的"精神水痘"。

十六岁，可说是个"甜蜜的尴尬年龄"。

处于这个年龄的少女，自我意识好像种子到了春天一样，开始苏醒、发芽了。她们渴望拥有属于自己的自由天地，她们渴求隐私被尊重的基本人权，她们渴盼父母多聆听少啰嗦，她们渴想父母多体谅少管束。比如说吧，在洁媛的话里，便多次出现"过去"和"现在"这两个对比的词儿。

女儿在成长、在变化，偏偏洁媛却像天下大部分的母亲一样，一厢情愿地希望女儿一如既往地言听计从，俯首听命；而当女儿的言行和她的期望不相符合时，她便发闷、发愁、发怒，这样的妈妈，无异于精神长了"痱子"呀！

青春期间的叛逆，犹如精神出水痘；打个比喻，这就好像是蜕皮之于蛇类，是一生中的必然。蛇类蜕皮是一种极为痛苦的成长历程，而孩子"精神出水痘"，当然也绝对是不好过的。

身为母亲的,应该先用"痱子粉"把自己的"精神痱子"治好,再帮助精神出水痘的孩子渡过这个艰难的成长期。

制造"痱子粉"的原料是:爱心、耐性、宽容、忍让、谅解。

许多时候,一个关怀的眼神,远远胜过盈耳的絮聒。

愧疚

> 许多时候，物质，是会不经意地把父爱和母爱谋杀掉的。

阿雪在网上读到一则以英文撰写的短文，最近，在好友的聚餐会上，她娓娓转述故事内容。

有个男人，买了一辆梦寐以求的崭新轿车，晚上连做梦都会笑出声来。有一天早上，拿了一罐亮油，要去为新车打光；然而，万万想不到，此刻，他那四岁的儿子，居然蹲在车子旁边，用一块尖利的石头，胡乱地刮割车子，深蓝色的轿车，像结了一张丑恶的蜘蛛网。他乍见便气血上冲，一个箭步飞蹿上前，抓起孩子胖嘟嘟的小手，发疯似的用那个装着亮油的罐子拼命地打、重重地打、狠狠地打，一下又一下、一下再一下，打打打、打打打，住手时，哭得歇斯底里的孩子几近昏厥；而就在这一刹那间，他丧失了的理智，蓦然回来了。

火速送往医院，孩子柔嫩的小手，骨断筋裂，已是无可救治的伤残，医生不得不动手术把他的五根手指切除掉。

孩子苏醒之后，眼泪汪汪地问父亲：

"爸爸，我的新手指，什么时候才会再长出来啊？"

这个问题，好像一勺沸油，迎面向他泼来，那股钻心的痛，使他恨不能以头撞墙，把头颅撞个稀烂。那种痛，迅速蔓延，由皮肤渗入肌肉，再由肌肉深深地钻入骨髓，全身上上下下、内内外外，没有一寸是不痛的。

他踉踉跄跄地回到家里后，用尽全身的力气，发狂地踢那车，踢踢踢、踢踢踢，恨不能用蛮力把车子踢进沟渠里。接着，他蹲下来，用手温柔地抚摸着被孩子刮出的那些乱线，摸着、看着；突然，他双目圆睁，如遭雷殛，这，哪是什么乱线呢？孩子用尖石刮出来的，其实是几个歪歪斜斜的字："爸爸，我爱你！"

当天晚上，这位父亲自杀了。

阿雪读这故事时潸然泪下，因为它唤醒了她一份尘封已久的黑色记忆。

阿雪结婚时，有人送了一只水晶花瓶给她，价格上千。她视如拱璧，放在陈列柜里，只有在宴请贵宾时，才让它插花亮相。花，她只买玫瑰，因为她认为仅有艳红的、硕大的、饱满的、像火般燃烧着的玫瑰，才配得上那晶莹剔透的昂贵花瓶。

这天晚上，她在房里看书时，厅里突然传来了"哐啷"一声巨响。她冲出房外，赫然看到心爱的水晶花瓶已化成了一地晶亮的碎片，而她十四岁的儿子，正满脸惊慌地站在陈列柜前。

"你！"她声如裂帛地喊，好像冷水蓦然倾入了滚烫的油锅里，怒气"噼里啪啦"地飞溅一地；她飞扑过去，不由分说，便"啪啪"地用力掴了他两记耳光；盛怒之下，出手过重，只见触目惊心的鼻血一滴滴往下淌；然而，此刻，她的心被水晶碎片割伤了，她看不到儿子的伤。儿子捂着鼻子，以哭腔说道："妈妈，对不起！"说完，便快步走进了房间。她站在原地，恶狠狠地想：无端端打碎我这样珍贵的收藏品，不打，哪行！

一个小时后，气稍稍消了，便到房间里去看他。

他已睡了，脸朝墙壁，好像在向墙壁倾诉心中的委屈。她静静地退出房间，然而，就在这时，在他的书桌上，她瞥见了一样东西。

一束花。

艳红的、硕大的、饱满的、像火般燃烧着的玫瑰。

玫瑰花旁，搁着一张粉红色的卡片，上面，是儿子秀气的字迹："亲爱的妈妈，母亲节快乐！"

啊，明天就是母亲节呢！她骤然明白了他为什么要拿那个水晶花瓶。

她呆呆地站着，眼泪狂流。

阿雪说完后，现场一片静默，大家的眸子都隐隐约约地有亮光晃动，因为啊，大家心中都有一个角落，或多或少，装着愧疚。对孩子的愧疚。

许多时候，物质，是会不经意地把父爱和母爱谋杀掉的。

成长

女儿和她的同事在英国一幢公寓里合租了一个单位。

最近,我和日胜到伦敦去度假,原想住旅馆,可是,女儿却力邀我们和她同住,她殷切地说道:

"我特地给您和爸爸添购了又厚又软的枕头哪!"

孝心可感,我犹豫了一下,终于答应了。

犹豫,是因为我被一份记忆纠缠。

前年,女儿还在求学,和两名新加坡同窗合住于大学附近的公寓内。我去探望她时,被屋子里那种凌乱和邋遢吓坏了。大厅里,报纸杂志东一堆西一叠地散放着;卧房像入了窃贼,衣服和杂物满地都是,那种乱,不堪入目;厨房呢,用过的碗碟,龌龌龊龊地堆在洗碗槽里;浴室内,洗发剂和沐浴露的空罐子,随意丢在角落头……

这地方,和难民营还有分别吗?

我瞠目结舌。

女儿若无其事地耸耸肩,说道:

"我功课那么忙,周末和星期天还得去当义工,哪有时间收拾屋子!"

"长年都那么脏、那么乱吗?"我难以置信地问。

"也不是啦!"她笑嘻嘻地应道,"屋友的父母亲来伦敦度假时,就会帮忙清洗和整理。有一回，清理工作足足做了一整个星期呢！"

嘿嘿，这算是一个"暗示"吗？我脚底抹油，赶快溜走。

不是不愿意对自己亲爱的孩子伸出援手，只是我不要"溺爱"她。我认为，离家万里，最基本的，就是应该学会照顾自己。要有个干净的居处吗？一定要自己设法，"没有时间"往往只不过是一个便利的借口而已。

现在，已经毕业而投入工作的女儿，比过去更忙了，每天都忙到月上枝头才踏着月色回家；周末和星期天也依然去当义工，她当然更可以利用"没有时间"为借口而不去收拾打扫屋子了。

然而，我错了，错得离谱。

她现在所住的公寓，坐落于伦敦中区，那座古老巍峨的建筑，像个历尽沧桑的美人，虽然有了年纪，贵气依旧在。

屋里窗明几净，纤尘不染。大厅内，报刊整整齐齐地叠在小几上，没有任何多余的杂物，宽敞而明亮。卧房里，两个崭新的枕头躺在散发着芬芳气息的床单上快乐地微笑，衣服一袭袭乖乖地挂在衣架上，笔直地吊在衣橱里；厨房呢，杯子碗盘，各就各位，打开橱门，缤纷多彩的各式调味品，好像等待检阅的士兵，秩序井然地一溜排着。浴室洁净得宛若星级旅馆，沐浴露的清香静静氤氲。

哎哟，真是脱胎换骨呀！

我惊喜交集地看着女儿，不待我开口，她便淡淡地微笑着说："妈妈，你说得对：'没有时间'只不过是个便利的借口而已。愿不愿做、肯不肯做、要不要做，才是真正的关键！以前，我让我的心控制我，现在，我学会了控制自己的心。"

一个能够掌控自己心的人，是个让人放心的人。

那个星期天，女儿独自到超市买了两公斤五花肉，一个人在厨房又炒又焖又烘，做了个风味独特的酸味猪肉，再配了个炒芽菜，又熬了个法式洋葱汤，中西合璧，一家子吃得不亦乐乎。

吃完饭后，手脚麻利地把杯盘碗碟洗净抹干，又用拖把将油腻的地板抹得闪闪发亮；之后，拎着一大包垃圾，乘搭电梯下楼，丢进垃圾槽。回来，坐在沙发上，一面啜饮热腾腾的绿茶，一面舒适地伸长双腿，说：

"一日事，一日毕，真好呀！"

半夜起身，惊见女儿还亮着灯勤读文牍。开夜车，只为了对自己的工作有更好的交代。

在异乡异国，我亲爱的女儿，经过不断的自我磨练，已真正地成长了。

冰冻柠檬茶

无理的禁令,往往只能带来"风平浪静"的表面假象。

到伦敦探访在那儿工作的次子,母子俩快乐地叙旧话新时,他忽然问我:

"妈妈,我小的时候,您严禁我喝冰冷的饮料,您还记得吗?"

记得,我当然记得。

他接着又说:

"每回我们在外面吃饭时,您总为自己买一杯冰冻柠檬茶,很亮的那种褐色,有晶莹的冰块在杯子里面叮咚作响,黄黄的柠檬片轻巧地夹在杯子的边缘。当您大口大口地喝着时,我馋得连眼睛也差点流出口水来。每次喝剩最后一小口,您才递给我,我总拼命地用吸管吸,大力地吸,吸呀吸的,希望能从残余的碎冰里把残存的茶味吸出来。有时,晚上做梦,总梦到自己捧着一整杯的冰冻柠檬茶,喝呀喝的,醒来时,枕头湿湿的,没有柠檬清香的味儿,有的,倒是眼泪咸咸的味道!"

这段往事,他虽然是含笑忆述的,但却掩饰不了语调里的惆怅。

故事还没完哪,他继续说道:

"等我上了小学一年级后,每天总盼望着下课,因为我可以到食堂去给自己买一大杯冰冻柠檬茶,尽情享受。我总是在喝得半滴不剩时,还死命用吸管去吸,弄出一大堆乱七八糟的声响。我的同学,都喜欢汽水,他们觉得老爱喝冰冻柠檬茶的我,十分古怪!"

我愈听，愈难过。

我错了。

我真的错了。

"把喝剩一小口的冰冻柠檬茶递给他喝"，这样的行径，听起来，似乎刻薄得不近人情，实际上，背后是有着"源远流长"的"历史因素"的。

长子出世后，饱受哮喘病的折磨，每每一喝冰冻的饮料便发作。发作时，胸膛好似汹涌澎湃的波涛，一上一下猛烈而又剧烈地起起伏伏。那个肺啊，好像是有人在拉风箱一样，"嘀呜嘀呜"地发出苟延残喘般的响声，喘得厉害时，眸子睁得像死鱼般大，眼珠好似随时会"脱眶而出"，十分恐怖。有好多次，半夜发作，五内俱焚的我，披头散发，高速驾驶，冲往医院。在平常的日子里，逢人便打听有何偏方或秘方可治哮喘。买各种对症食材，炖汤给他喝。一直、一直折腾到十二岁，哮喘病才断了根。

老二出世后，我已成了一个杯弓蛇影的母亲，风不吹、草不动，我都以为兵来了。为了防患于未然，我实施禁令，不许老二喝冷饮、吃冷食。

日胜对我说：

"孩子的身体，需要适应冷食的呀，你怎么可以违反自然的规律！"

言者谆谆、听者藐藐，我一意孤行，好像守财奴看守宝库一样地恪守着自己定下的戒律。

然而，"上有政策，下有对策"。

日胜有时会趁我不备，以散步为借口，偷偷带他们出去吃七彩甜冰。吃过以后，接下来的好几天，七彩甜冰虽然早就融化得无影无踪了，可是，他们依然快乐得像在过节。一提起"散步"，便心花怒放地眉来眼去而又齐心协力地守口如瓶,终于,纸包不住火,有一天,老大在"散步"回来的当夜,哮喘病汹汹发作。他们以散步为幌子的诡计被识破,我自然怒不可遏,从此,更是防贼一般地防着他们,连散步也紧随于后。可怜的孩子,连这个"见缝插针"的机会也失去了。

为了一个罩在心里的阴影,我不公平地剥夺了孩子童年吃冷食的乐趣。

然而,我怎么也想不到,对我言听计从的"乖乖牌"老二,居然会在学校里偷偷地喝冰冻柠檬茶,而且,成功地瞒着我,连喝多年!

无理的禁令,往往只能带来"风平浪静"的表面假象。

唯一的选择

说说一则听来的故事。

有一回，一位教授做了一项试验，他发了一张问卷给学生，上面列了两道问题：

问题一：她肤色白皙，蛾眉弯弯，瓜子脸，双目澄澈樱桃嘴，美丽动人。他很爱她。可是，有一天，她不幸遇上车祸，痊愈后，脸上留下了狰狞的疤痕。你认为他还会一如既往地爱她吗？

答案有三个选择。测试结果，有10%学生选"一定会"，80%选"肯定不会"，10%选"可能会"。

问题二：他是长袖善舞的商人，沉稳儒雅，敢打敢拼。有一天，他忽然破产了，你认为她还会一如往昔般爱他吗？

对此，有30%学生选"一定会"，30%选"肯定不会"，40%选"可能会"。

测试结果揭晓后，教授笑着说道："看来美女毁容比男人破产叫人更不能容忍啊！"

接着，他话锋一转，严肃地说道："大家在潜意识里可能把他和她当成是恋人的关系，但是，题目并没有明说啊！现在，假设第一道题目中的'他'和'她'是父女关系、第二题目中的'她'和'他'是母子关系，你们还会坚持同样的选择吗？"

表情凝重的学生们把问卷重做一遍，结果呢，两道选择题的答案百分之百都是"一定会"。

是的，是的，在这个世界上，有一种爱，坦坦荡荡、深深沉沉，无欲无求、无微不至，不因条件而更易、不因名利而改变，那就是父爱和母爱。那是一种铁打铜铸的爱，那是一种天荒地老的爱，经得起任何严峻的考验。

孩子有难，父母唯一的选择就是伸手扶他。

最近，与莘莘学子探讨两代之间的问题，发现在十五六岁这个特定的年龄层里，少男少女对父母的爱竟然都"视而不见"。父母查问他们的行踪，他们生气地表示父母当他们是犯人；父母限制他们回家的时间，他们厌恶地把家看成是樊笼；父母查看他们的手机，他们愤怒地认为个人的隐私受到了侵犯。在他们眼中，父母就是一条捆绑自由的绳子，他们在努力挣脱的过程里，纷纷给父母贴上了"专制、霸道、啰嗦、多事"等标签。

唉，何其相似啊！我在心里暗暗感叹。

当年，我交笔友，父亲发现之后，强逼我把所有笔友的来信拿去垃圾桶丢掉，当时，我心里不也充满怨意吗？甚至，为此而有好几个星期不和父亲说话。人生的道路走了一大段而蓦然回首，才领略到蕴藏在父亲严厉管束里的爱意与善意。养儿方知父母恩，但是，很多时候，当你想要报答时，却已是"子欲养而亲不在"了。

究竟我们应该怎么样才能让年轻的一代提早了解渗透于父母管束行为里的爱意呢？文学！好的文学作品，能促使他们在不断的反刍里深思。

譬如林海音的散文《爸爸的花儿落了》，作者在冬天赖床不起，想要旷课，结果呢，她被鞭打了。她如此写道：

"爸爸从桌上抄起鸡毛掸子，藤鞭子在空中一抡，就发出'咻咻'的声音，我挨打了！爸把我从床头打到床角，从床上打到床下，外面的雨声混合着我的哭声。我哭号，躲避，最后还是冒着大雨上学去了。"从那回起，她就变成了每天早晨站在学校门口等待着校工开大铁栅校门的学生之一。

　　林海音让天下的孩子明白，鞭影里蕴藏着的其实是深沉的教诲和绵长的爱。

蛋卷冰淇淋

没有"身教"加以配合的"言教",是虚有其表的空框子。

在购物中心看到的这一幕,令我感触良深。

一位母亲,带着两个女儿,一个六岁,一个三岁。

母亲为她们买蛋卷冰淇淋,第一筒,先递给大女儿,她接过去后,便欢欢喜喜地、小口小口地舔着吃;小女儿呢,安安静静地等。第二筒,她从摊贩手里接过后,先往自己嘴里送,贪婪地咬了一大口,才把缺了一个大角的这筒蛋卷冰淇淋递给小女儿;小女儿不甘平白无故地被"剥削",不肯伸手去接,张开了口,穷凶极恶地发出惊天动地的哭声,哇哇哇、哇哇哇,那种彻头彻尾的不快乐,使她连头发也变成了惊叹号。

母亲想要"补救",看到大女儿手上的蛋卷冰淇淋还是完完整整的一大个,便以"老鹰扑小鸡"的姿势,想来个"狸猫换太子";大女儿也非等闲之辈,她反应迅速,猛地转身,想逃过凭空飞来的这一劫,没想到,转身太猛,圆圆肥肥的冰淇淋从轻轻巧巧的蛋卷里"叭"的一声掉落下来,散在地上,化成了一摊绚丽的色彩。"城门失火,殃及池鱼",大女儿拿着那个"空空如也"蛋卷,忍无可忍,放声大哭。

母亲乱了手脚,也乱了思路,居然弯下身子,想要捡拾地上那个瘫软不成形的冰淇淋球,可是,才一弯腰,手上的那球冰淇淋竟也"祸不单行"地从蛋卷里掉落到地上!

这时,大小两个女儿,鞭炮齐鸣,涕泪齐流,哭声震天。

烦躁至极的母亲,居然、居然毫无理智地伸出大手,"叭叭、叭叭",一视同仁地给两个女儿各个掴了两记耳光;两个无辜被打的女儿,看着满地璀璨,哭得心肺俱伤。

这位年轻的母亲,在不经意间,犯下了家庭教育里所有不该犯的错误。

首先,她认为家长有着至高无上的权威,要做啥,便做啥。蛋卷冰淇淋既然是她出钱买的,莫说要咬一口,就算咬半个,孩子也得乖乖接受呀!等她出其不意地碰上反抗的力量时,又想侵占无辜者的东西来弥补自己的过失。到了最后,剪不断、理还乱时,她又"错上加错"地使出家长的"杀手锏",企图以武力钳制一切。

这位母亲,可能没有想到,这桩事件,让她的两个女儿在不知不觉间接收了许多错误的信息;更甚的是,对于她们未来性格的发展,可能会起着潜移默化的负面影响。

家庭教育,是一种自孩子出世后便延续不断直到孩子性格与人格定型为止的教育活动。

家庭教育,既严峻,也灵活;既简单,也复杂。

它的严峻之处在于家长不经意的一言一行,全都可能是孩子"照本宣科"的范本,而它灵活之处就在于家长可以自行拟定"教材",随时随地付诸运用。说它简单是因为生活就是课室,说它复杂的理由在于"爱能载舟亦能覆舟",分寸必须拿捏得恰恰好。

许多家长,注重言教,礼义廉耻忠孝悌,说说说、教教教;然而,孩子在听的同时,也在看。**没有"身教"加以配合的"言**

教"，是虚有其表的空框子。

家庭教育，不是义正词严地喊口号，不是耳提面命地循循善诱；它实际上是通过生活里许许多多大大小小的事件不着痕迹地体现出来的；而家长的生活观、价值观，都往往无所遁形地呈现于内。

孩子成长后，看待事情的态度、待人处世的方式、应付危机的方法，常常是家长某个形式的"翻版"。

认真来看待这个问题，我们当会知道，上述那位年轻的母亲，在"蛋卷冰淇淋"事件上，给她两个女儿作了多可怕的"示范"；尤其考虑到这可能是该母亲一贯延续性的行为而不是单一的孤立事件，后果堪虞呵！

妈妈，放下手机吧！

"妈妈，请您抬起头来，看看我。"

老二方德说这话时，我们一家子正坐在冰岛一家餐馆里；我一面吃着烧烤鱼串，一面用手机为远方的朋友发送"鲸鱼戏浪"的照片。

"妈妈，请您抬起头来，看看我。"

当方德的声音再次响起时，我飞快地睐了他一眼，漫不经心地问："怎么啦？"话一说完，又继续发照片。

"妈妈！抬头，看着我的眼睛！"

这一回，在他透着些微懊恼的声音里，有着不容漠视的坚持。

我终于抬头了，看他的眼睛。他语调坚定地说：

"妈妈，请您放下手机。"

我依言把手机搁在桌面上，可是，目光还恋恋地与它纠缠不清。

"妈妈，我们一起到冰岛旅行的这一段日子，请您想想，您有多少时间是和我好好谈心的？"

"咦，我天天都和你说话呀！"我心不在焉地应。

"我指的是谈心，不是说话！"方德语调严肃地说道，"您一回到旅馆，不是忙着上网读报纸，就是不停地给朋友写电邮、发短信；现在，情况更是恶化了，连吃顿饭都对着手机忙个不休！"顿了顿，又说，"妈妈，难道您忘记了吗,过去,在家里,您一直强调一家人共同欢度美好时光的重要性,每回一到吃饭时间,您便坚持二关(关电脑、关电视)、二开(开口说话、开心用餐),我们一家人在没有任何干扰的情况下,一边吃饭一边谈天,多么美好啊!但是,现在……"

他愈说,我愈惭愧。

真的,痴痴沉溺于智能手机的我,竟然自个儿破坏了多年以来定下的家规。

有人把智能手机称为"会说话的电脑",真是一点儿也没错。以前出国,每天总得到网吧消耗一两个小时;然而,现在,不论置身何处,只要有宽频,随时随地都能读报、读信、复信、发短信,甚至,还能够即时摄影、即时录像、即时发送。当我沉湎于手机缤纷多彩的世界里时,无意间就把亲情晾在一边了。

从冰岛回返新加坡后,方德自伦敦发来了一篇文章,郑重地嘱咐我:

"妈妈,您一定要好好读读啊!"

这是美国作家 Katia Hetter 发自内心的一则"忏悔录"。

全文大意是说,她怀胎八个月时,丈夫买了一部手机给她,从此以后,手机便成了"毒品",而她,惨惨地沦为欲罢不能的"瘾君子"。她通过手机收发电邮、阅读书报、进网上聊天室。孩子逐渐成长,她的"毒瘾"也越陷越深——她发现手机能帮助她逃离现实世界里那一堆堆永远也洗不完的杯盘碗碟和尿布衣物。当孩子依偎着她时,她却忙着检查电子邮件;当她烹煮晚餐时,一只眼却紧盯着手机。她没有心情和孩子玩拼图游戏,她甚至无法专心聆听孩子说话。在孩子的眼中,手机就是她的一切。终于,有一天,年仅三岁的稚龄孩子竟在仰头看她时,发出了令人心碎的哀求:"妈妈,你可以放下手机吗?"孩子彷徨无助的眼神和那不自觉地透着谴责意味的语气使她悚然而惊,啊,在长达三年的漫长岁月里,她竟然因为手机而让孩子的心房长满荒芜的杂草!骤然的醒悟,使她满心都是懊悔的悲伤。

把手机"放下"后,适逢母亲节来临,她和亲爱的女儿一起用沾满颜彩的手指为内外两位祖母绘制美丽的指画。她说:"当女儿发现蓝色和黄色这两种颜彩混合在一起而竟然能够变成她最喜爱的绿色时,那种顿悟的智慧亮光,化成了她脸上大朵璀璨的笑花;而这,着实给我带来了极大的满足感。"

这位曾经迷失在手机世界里的妈妈,悬崖勒马,回头是岸。

她幽默地说:

"我不需要利用冻火鸡治疗法来戒除手机的瘾,但是,现在,我已学会在和家人亲密共处的时间里,关掉所有的电子设备,彼此脸对脸、眼对眼地谈心。"

辐射

爱,是一种辐射。

当孩子在成长过程中感受到父母从各个方面投射过来的热量,一旦长大成人,他必然也能拥有『辐射』的能力和能量。

上周六,应虎威之邀,在一家环境清幽的餐馆,和他的母亲思静女士、他的夫人士彬一起吃饭,度过了一个浸在笑声里的下午。

虎威在点菜时,某道菜肴只要思静女士微微地蹙蹙眉头,他立刻放弃。我赞他观察入微,他笑道:

"我母亲的喜和怒,都是明明白白地摆在脸上的,山雨欲来或是晴空万里,一览无遗;自小,我们便学会了察言观色。"

思静女士对于吃,有一种"浪漫"情结。虎威常常出差,每回出差,思静女士便给他一张"清单",虎威说:

"你可别以为那张清单很好应付,比如说,到香港,她要吃的皮蛋酥、杏仁饼,都有指定的牌子、规定的店名;到泰国,她所要的腰豆是必须连着壳的;到上海,她要新鲜的松子;到日本,她也有指定的各类糕点。有一回,到新疆,她要哈密瓜,我抱着那个沉甸甸的哈密瓜,千山万水地飞,你知道那个哈密瓜有多大吗?"说着,比了一个手势,我睁大双眸惊叹:哎哟,真的好大啊!

当虎威说着这一切时,语调里溢满了一种能够承欢膝下的快乐与满足。

思静女士笑眯眯地说:

"我的童年过得很苦,要吃啥都没;成家后,执意要让孩子吃得好,自己也从中磨炼出对食物的高要求。"

在思静女士对食物精致的品位里，蕴藏着对孩子无尽的爱。

虎威和他的手足，在思静女士精心烹调的美味佳肴里成长，因而培养出极其敏锐的味蕾，懂得对美食颂唱赞曲，也懂得对生活释放热情。

爱，是一种辐射。

当孩子在成长过程中感受到父母从各个方面投射过来的热量，一旦长大成人，他必然也能拥有"辐射"的能力和能量。

坐享辐射之爱的思静女士，言简意赅地说：

"爱，其实就是一种福报。比如说吧，以前我对我婆母好，现在，我就有了好媳妇！"

"种瓜得瓜，种豆得豆"，放诸四海皆准。

今年的父亲节，我的三个孩子便给日胜送了一份让他终生难忘的"礼物"。他们买了飞机票，安排了旅店，请他到苏格兰东海岸的城市圣安德鲁斯（St. Andrews）打高尔夫球。对于球迷来说，圣安德鲁斯是打高尔夫球的"圣地"，因为这项风靡世界的运动，在14世纪是发源于此的。

在出发前的一个月，日胜逢人便说："我下个月要到圣安德鲁斯打高尔夫球了！"对方还未回应，他又得意扬扬地说，"是我三个孩子给我的父亲节礼物呢！"其实，我清楚地知道，真正让他高兴的，不是去圣安德鲁斯打高尔夫球的这一码事，而是孩子们这份细腻的爱心。

六月份父亲节，在伦敦工作的次子方德和幺女可君，特地请了假，陪我们一块儿去苏格兰。临行前夕，我听到可君在电话里对她的朋友说道："我明天要带家里的两个大宝贝出门了。"我忍不住微笑，那口气，多像我啊！在他们童年与少年时期，我也常常对朋友说：

"假期里，我要带家里的三个小宝贝出门旅行了。"曾几何时，我和日胜居然成了小女儿口中的"大宝贝"了。

到了苏格兰，一切的一切，全都安排得妥妥帖帖。我们双眼一睁，吃喝玩乐便是生活的全部内容，真有一种被"溺爱"的感觉。更为有趣的是，我发现孩子安排自助旅行的方式，和日胜惯用的手法如出一辙。潜移默化的影响和力量，是多么大啊！

一直相信，走一寸土地，长一尺智慧；在孩子的成长历程里，旅行，是我们常常为他们策划的活动；而今，他们有了经济能力，便以旅行来回馈我们。

我和日胜，切切实实地感受到那种爱的辐射。

这样的感觉，美好得无以复加。

电话留言

> 孩子和父母之间,是有一道直线连着的,那是一根象征着"关怀"的线。

在网上读及一则以英文撰写的"电话答录机留言",觉得它尖锐辛辣而又无奈惆怅地道出了当今世界普遍地出现于伦常之间的一些问题。

全文试译如下:

早安!我们不在家,请在听到信号声"哔"一声之后留言。

如果你是我们家的孩子,请在按★号之后,选择 1 到 5,让我们知道你是排行第几的。

如果你需要我们去你家照顾孙儿,请按 2。

如果你需要借车子用,请按 3。

如果你需要我们为你洗烫衣物,请按 4。

如果你要把孙儿送来过夜,请按 5。

如果你需要我们代你到学校接孙儿放学,请按 6。

如果你需要我们星期天为你烹煮晚餐并送上门去,请按 7。

如果你要上我们这儿用餐,请按 8。

如果你需要钱,请按 9。

如果你想要邀请我们共用晚餐,或者,请我们去剧院看演出,那么,请开口说话,我们正在聆听!

孩子和父母之间,是有一道直线连着的,那是一根象征着"关怀"的线。但是,有人指出:孩子那根线,就像筷子那么短;父母系在

孩子身上的线呢,却像道路一样长,而且,那是铺设得极好的快速公路,一通到底,无所阻拦,能以最快、最便利的速度抵达孩子的心。

另一个说法,近乎恐怖,但也在一定的程度上反映了实况。在韩剧《加油,金顺!》里,婆婆对孙女说道:

"孩子是父母前世的债主,今生是来讨债的,孩子将父母的肠子一根一根地拉出来吃,父母不但感觉不到痛,而且,还老担心孩子吃得不够、吃得不饱,恨不得多长几根肠子出来让他吃。"

上述的电话留言让我看了十分难过,因为我仿佛见到一对白发苍苍的父母依然在把自己所剩无几的肠子拉出来、拉出来……

当然,我们不能一根竹竿打沉整船人。

穿彩衣娱亲的老莱子,的的确确是存在于现代社会的。

然而,可叹的是,我听到的、看到的,却多数是年轻时为孩子任劳任怨而老来还得对孙子负责到底的牛马父母。

然而,认真追究,父母本身还是得负起一定责任的。

孩子小时,享受着父母无微不至的照顾,字典里永永远远只有一个字,那就是:"取"。取、取、取;取之不尽,包括感情和物质。父母呢,也只会履行一个字,那就是:"予"。予、予、予,给个没完没了,包括精神和实质。

比如说:儿童节嘛,过得缤纷热闹、花团锦簇;父亲节和母亲节悄悄过去了,孩子却一无所知。我们不是要没有经济能力的孩子给父母买礼物,但是,至少,他们应该懂得送上卡片,表达心意。

孩子生病,母亲恨不得把心掏了连同人参一起炖给他吃;但是,妈妈卧病在床,孩子却依然呼朋唤友外出寻乐子。我们不是要孩子去熬药喂药,但是,我们却希望有个安静而贴心的陪伴。

平时母亲包揽一切家务，把屋子打扫得纤尘不染，孩子却没有想到做家务其实也是自己的应尽的责任。我们不是要孩子洗烫打扫，但是，起床后收拾自己的房间、用餐后帮忙洗碗筷，却是基本的要求。

当孩子在整个成长过程里一心认定他只有享受的权利而没有付出的义务时，亲子关系，也就"顺理成章"地变成孩子对双亲"予取予求"的单一关系了。

"予"和"取"，是一种很圆融的人际关系，它绝对不是一种斤斤计较的现实行为。唯有当父母在长期教养孩子的过程里，双管齐下地通过"言教"与"身教"的方式，让他们确确实实地明白"予"和"取"相平衡的道理，孩子才能在承受了家庭、学校、社会的帮助与恩情之后，自自然然地产生饮水思源的回报心理。

洗一洗妈妈的手

亲爱的爸爸和妈妈啊，在必要时，为孩子准备一把伞，但是，不要做他永远的撑伞人。

流传于网上这篇文章，我觉得年轻人都应该好好读读。

原文以英文撰写，不过，很遗憾的，没有署上作者姓名。

试译如下：

一名考取了硕士学位的年轻人，向一家大公司申请一份管理性质的工作。他过关斩将，来到了最后一轮面试。主持面试的，是该公司的总裁，也是最后的决策人。总裁翻看他"战绩辉煌"的履历表，问道："你求学时，曾得过奖学金吗？"年轻人答："从来不曾。"总裁又问："你的学费是由你父亲支付的吗？"年轻人摇头："父亲在我一岁时便已病逝了，是母亲供我读书的。"总裁追问："你母亲从事什么行业呢？"年轻人说："她替人洗衣。"总裁听了这话，要求年轻人摊开双手给他看。那双手，柔滑、白皙、完美。总裁便再问道："你曾帮忙你母亲洗衣吗？"年轻人飞快答道："她做事利索，洗衣比我快；再说，她要我专心读书，从来就不肯让我帮忙。"总裁沉吟着说："我有个小小的要求，你今天回家后，为你母亲洗洗手。明天，再来见我。"

年轻人觉得这个要求有点突兀，但丝毫不敢轻慢，回家后，立刻便打了一盆水，要为母亲洗手。神情诧异的母亲，在把双手伸出来时，百感交集。儿子捧着母亲的手，慢慢、慢慢慢慢地洗，洗着、洗着时，眼泪不知不觉溢满了眼眶。母亲那双手，枯皱、干裂，有着青青紫紫的挫伤。在泪光里，他幡然醒悟，是这样一双挫伤满布的手，为他"洗"出了他的大学文凭，以及，他美好的未来。过后，他一言不发地帮母亲把一大盆衣服洗干净了。当晚，母子交心，倾谈良久。

次日，他去见总裁，谈及为母亲洗手的经过时，眼泪又不由自主地在眼眶里打转。总裁要他坦述心中感受，他抽丝剥茧地陈述："首先，接触母亲的手，我知道了感恩；是母亲的辛劳，造就了今日的我。其次，和母亲一起洗衣，我深切明白了这项看似简单的工作其实是很辛苦的。再次，和母亲长谈，我强烈地感受到家庭成员间关系密切的重要性。"总裁颔首，缓缓说道："我想要雇用的经理，是一个能够感念他人付出的人，是一个能够明白他人成事艰辛的人，也是一个不把赚钱当作唯一目标的人。"顿了顿，他说："你被录用了。"

年轻人受雇之后，在工作上倾尽全力，鼓励团队精神，与大家同甘共苦。他赢得了下属的敬重与爱戴，公司业务突飞猛进。

我觉得，这则短文里的母亲，和天下疼爱孩子的父母一样，有个通病——他们常常让孩子戴着保护主义的盔甲成长，生活的苦茶，他们自己独喝；生活的蜜糖，他们让孩子独舔。孩子躲在大伞下的温煦里，只感受到艳阳的可爱而不知道烈日的猖獗；更可悲的是，他完全看不到撑伞人的苦心、更感受不到在伞外被暴雨淋湿的苦况。他幸福地成长，长成了一个自我中心主义者，价值观和生活观都有着严重的偏差。遗憾的是，他行为的病源，恰恰来自疼爱他的父母。

亲爱的爸爸和妈妈啊，在必要时，为孩子准备一把伞，但是，不要做他永远的撑伞人。偶尔，让他被烈日炙炙，让他为暴雨淋淋，让他明白蜜糖和黄连是生活的两种滋味。更重要的是，在成长的过程里，一定要他也为别人撑撑伞，这样他才会清楚地知道，伞下的那一片阴凉和安适，是有人刻意经营的。

自如岁月

在高雄。

想乘搭公共汽车到六合夜市去，但不清楚搭几路车，在车站看到一对年迈夫妻牵着手在等车，便不揣冒昧地上前询问。台湾的人文素质好，热情指数高，对旅客往往是不吝于协助的。

果然，我一开口，那位头戴帽子、衣着时髦的老妇人立刻满脸笑容地说道："没问题，我带你们去吧！"说着，回头征询老伴的意见，"我们也去六合夜市走走吧？"我忙不迭地说："只要告诉我搭几路车，自己去便行啦！"老妇人闲闲地笑着说："没关系，反正我们也没事儿，就顺便去那儿逛逛啦！"又问，"你们是外地游客吧？"我点头应是，她满脸羡慕地说："年轻时，我和老伴都喜欢到处旅行，现在，老了，不行啦，只能随意逛逛街。"我由衷地说："我看你们精神挺好的嘛，天南地北也能去！"她露出了快活的笑脸，接着我的话茬儿，说道："精神是不错，你猜，我们几岁了？"在近距离看她，皱纹横的竖的像刀刻斧凿，的确是不年轻了。我猜："七十岁？"她高兴地说："嘿，七十五啦！"又指指她的老伴，说："他哪，整整八十岁啦！"我看他的头发染得黑亮黑亮的，精神矍铄，一点也不显老。我说："你俩兴致真好啊……"话没说完，她便打岔道："活到这一把年纪，你知道我们最大的任务是什么吗？"我还没答，她便自揭谜底，"我们每一天的任务便是玩！暮年的鼓，发出来的声响是有限量的，每敲一下，便少一下。所以，每天起身，第一件事，便问自己两个问题：今天玩什么？要怎样玩？别人说一寸光阴一寸金，可对于我们来说，却是半寸光阴一尺金！玩一天，便少一天了呵！"我笑了起来，问："你们玩什么？如何玩？"她意兴勃勃地说："我喜欢到处逛逛，看看风景、尝尝小食、拍拍照片。"说着，转头看看她老伴，又说，"他呢，就喜欢窝在家里看连续剧，看得痴痴迷迷，腰酸背痛，很不健康耶！"她的老伴好脾气地笑着说："我腿没力嘛，懒得走。"老妇人精神奕奕地说："腿愈没力，便愈得多走，在家窝得久，会发霉的呀！"谈到这儿，灯火辉煌的六合夜市到了，我们一起下车去。他俩肩并肩地依偎在一起，朝我们挥手说道："好好玩，玩得开心点啊！"

到阳明山去，原本想看热情绽放于树梢的樱花，没有想到今年樱花早谢，只剩满山泣血的杜鹃花。

花树下，有对白发苍苍的暮年族，坐在自携的折叠小椅上，有滋有味地吃着夹了番茄的黑麦面包。向他们打听山上可有"残余的樱花"可供观赏，他们摇头说道："你们来得太迟啦！现在，整个阳明山只剩下两株树，枝头还残存樱花，一株就在入门处大约十来米的地方、另一株靠近公共厕所处。"我惊叹："你们怎么这样熟悉阳明山的情况呀！"他们不约而同地说："阳明山，我们天天都来，简直就是第二个家了，怎会不熟悉呢！"自从几年前退休后，这对夫妇，就每天风雨不改地到阳明山来，在不同的季节，观赏不同的花。他们把花卉看成是大自然的恩赐，诚心诚意地领受、尽心尽意地享受。

上述两对夫妇，都在"适当"的时期，做着"适当"的事情。

人生有着许多不同的阶段，求学时期，当"自爱、自重"，披着"自信"的盔甲上考场，打一场又一场漂亮的胜仗，扎稳人生的基础。工作时期，当"自立、自强"，以"自律和自励"作为人生的座右铭，驱策自己上了一层楼之后，再上、更上，上上上，"自豪、自得"地把事业和家庭兼顾好。暮年时期，从职场退下来后，人生便进入了"自如"与"自宠"的阶段了。

这样的人生，循序渐进、有条不紊，圆满、完美。

可叹的是，新加坡许多祖父母由于无法向孩子说"不"而得"从头收拾旧山河"，为照顾孙子而与尿布和奶瓶重新打交道，走回头路，失去了生活的"自由"，也失掉了"安闲自得"的乐趣……（当然，以"含饴弄孙为乐者"除外。）

教师是水

心，是珍贵至极的薄胎瓷器，一旦被语言这个锋利至极的利器所伤而出现裂痕，纵是世上最好的强力胶，恐怕也难以修补。

"你真笨！"

我低着头，站在课室里，瘦瘦的身子簌簌地抖着、抖着，像狂风里的一根芦苇。眼前那名个子极高的数学老师，脸色是树叶磨汁染出来的，很阴森的那种绿；眼珠子呢，是两粒凝结了千年的冰雹，冷而硬，一旦飞弹出来，被射中的人，就算不死，也会重伤。

我怕他的脸，我怕他的眼珠，我更怕的，是由他嘴里吐出来的话。

"你真笨！"

只有寥寥的三个字，但却在众目睽睽之下，为我的智商判了死刑。

那一年，我读小四，正是为各种学科打稳基础的时候。

我天生偏爱文科，一看到文字，双目便大放异彩，满心欢喜；然而，一触及数字，脑筋便乱成一团，头痛欲裂，尤其是那可恶至极的鸡和兔，明明属于两个截然不同的"家族"，偏偏却喜欢纠缠不清地关在同一个笼子里，它们一出现，我便想速速化成一股风，从窗口飞走。

不喜欢，又读不懂，成绩当然一塌糊涂，我于是成了老师眼中的一枚钉子。

那一天，叫我起来回答一道问题，我嗫嗫嚅嚅地答不出来，他于是凶巴巴地将那三个字铸造成三颗"子弹"，毫不留情地朝我发射。

此后，每回上数学课，我总有一种上刑场的恐惧感，觉得自己好像是个站在深坑里的人，老师是高高的土堆，随时随地会残忍地将我活埋。

说来难以置信，有很多很多年，我老是发噩梦；梦里，随着老师凶神恶煞地骂了一句"你真笨"之后，土堆便如崩塌的山石般，纷纷地朝我身上落下来，对准我脑袋重重地砸过来，而我，总在涔涔的冷汗中惊喊着醒过来，一颗心，跳得仿佛面对万丈悬崖。

从小学到中二，我的数学，从来不曾及格。到了中三那年，碰上了黄庭法老师，在他不断的鼓励和打气之下，才使我扬眉吐气地考上了七十分。几年前，在一个宴会上看到他，我说："黄老师，对不起，没有把数学这科搞好。"他笑眯眯地说："咦，你的数学不错呀！"实际上，中三那年，我的数学在成绩册上的确是以蓝字出现的。遗憾的是：那也是我的数学在这一生中唯一及格的一年。

教师是水。

水能载舟，亦能覆舟。

建设性的语言往往能使老师成为学生一生一世的守护天使，学生将老师醍醐灌顶的金玉良言密密地收藏在心坎深处，视如拱璧。这些振聋发聩的语言，就像是学生永远的"救命符"，当他们面临困难、面对危险、碰上困境、逢及危机，这一道一道的"救命符"，便会适时而又稳当地帮助他们脱离困境，化险为夷。

珍藏着这些"救命符"的学生，在长大成人后，便会承接老师的衣钵，制造更多有用的"救命符"，让更多的人蒙受师恩。

如此代代相传，世世受惠。

至于破坏性的语言呢，却能使老师成为莘莘学子终生摆脱不了的噩梦。

心，是珍贵至极的薄胎瓷器，一旦被语言这个锋利至极的利器所伤而出现裂痕，纵是世上最好的强力胶，恐怕也难以修补。

最为可怕的是：薄胎瓷器被利刃击成碎片后，每一块阴阴地闪着寒光的碎片，都会在他日转变成另一种伤人的利器。

"十年树木，百年树人"，9月1日是教师节，在这个意义深长的日子里，谨以此文与所有教育工作者共勉，希望大家齐心打造爱心事业。

魔鬼和天使

— 爱，是家庭的基本色调，可是，如果爱不得其法，那么，爱就会变成刀子。

多年以来一直在校园内外积极推广阅读的罗定贞老师，最近假养正小学举办了一项别开生面的活动；她邀请了众多学生家长，就拙著《七彩岁月——与孩子一起成长》所提出的家庭问题进行分享与交流。

永远相信，家中出个乖孩子，社会便少个问题儿童。

当初执笔撰写《七彩岁月——与孩子一起成长》一书，主要的目的便是希望借此书唤起社会人士对家庭教育的注意，抛砖引玉，集思广益，聚沙成塔。

一般人总错误而主观地认为，如果孩子是植物，那么，父母的爱肯定便是阳光雨露肥料，能使植物茁壮成长。

然而，一个惊人的事实是，爱既能造就英才，爱亦能繁衍败类；家庭既是培养社会英才的温床，同时也是滋生社会败类的病床。

正是"成也萧何，败也萧何"。

认识一名经营熟食摊生意的女人，一张圆圆大大的脸老像中了彩票似的笑意盈盈，脾气超级好。有个独生子，三千宠爱在一身。读小学时，回家时他倘若心情不好，便会把脱下的鞋子从窗口抛出去，这时，他母亲会立刻化身为"再世张良"，从十多层楼的住家冲到楼下，帮他拾回来。家里煮的饭菜不合胃口，他只尝一口，便把菜啊肉啊往地上倒，他母亲好声好气地和他"商量"着说:"儿呀,你如不喜欢吃,便倒在桌上,好吗?我清理容易一点啊!"上了中学,心情欠佳时,他便把爱他如命的母亲当"沙包",打得青一块紫一块,母亲被他一拳一拳地打着时,心里想的是:"如果能为他解解气,挨点皮肉之痛又算得了什么呢?"有一回,孩子动了真气,用菜刀把厅里的沙发像切蛋糕一样砍成了两半,他母亲深感庆幸,想道:"嗳,幸好砍的是沙发!"

这个长年沐浴在"爱"里的孩子,到了十八岁时,因暴力事件而惨惨地沦为阶下囚。

他母亲给他的,是掺了"砒霜"的爱。

在社会上为非作歹的人,心里通常养着一只魔鬼。不幸的是,很多时候,这只魔鬼是由他的"守护天使"亲自放进去的。

另一位母亲,深谙"慈母多败儿"的道理,严厉得近乎苛刻。她以不计其数的家规搓成一条一条无形的绳索,将孩子严严实实地捆得透不过气来。孩子在家活得像个上了发条的机器人,她且还三天两头拨电话给老师,查问孩子在学校的行径。如此"滴水不漏"地管教孩子,目的只为了爱,遗憾的是,孩子丝毫感受不到爱的温暖,反之,她觉得自己像是个动辄得咎的犯人,战战兢兢,如履薄冰,活得好不辛苦。表面上,她逆来顺受,温驯一如绵羊,实际上,长期累积的不满已使这只绵羊反常地长出了一对既尖又长的角;母亲的"高压政策"使懦弱的她没有勇气以这对尖角伤人,然而,她自我戕害,一天夜里,用刀片将自己割得鲜血淋漓。当这样的事一而再、再而三地发生时,视她如珠如宝的母亲不得不痛心万分地将她送入精神病院,由心理医生加以治疗。

她母亲给她的,是以冰霜砌成的爱;冰霜里面有一颗晶莹美丽的心,可是那砭骨的寒气却将孩子隔绝在万里之外。

爱，是家庭的基本色调，可是，如果爱不得其法，那么，爱就会变成刀子。

疼爱孩子的父母应三思，当你们以爱叩开孩子的心扉时，你们到底是放进了一个天使，抑或是一只魔鬼？

灯

总的来说，让「灿烂的聚光灯」变得更明亮，让「朦胧的街灯」大绽亮光，让「闪烁的灯泡」亮度稳定，让「熄灭的墙头灯」恢复亮光，是教师永远的挑战。

如果允许我以"灯"来做比喻的话，从事教学多年，我发现学生可以趣分为四大类。

第一类是"灯火灿烂"型。

这类学生的脸，不折不扣就是一盏"聚光灯"，教师一走进课室，他们立刻便成为被注意的亮点。他们是教师求之不得的良木，易雕、好雕，最为重要的是，他们愿意被雕、喜欢被雕。上课时，精神集中，领悟力强，双眸永远炯炯有神。

这种类型的学生，犹如善于掌舵的船长，清清楚楚地知道自己要驶向哪一条人生的航道，所以嘛，不管教师分配多少作业，他们都会绞尽脑汁地做、倾尽全力地做，求新意、求创意，百尺竿头更进一步，绝不允许自己在原地踏步。至为关键的是，他们了解，做一份完美的作业，不是为了炫耀，也不是为了竞争，而是为了自我的充实、自我的成长。

"灯火灿烂型"的学生，他日成长后，可能就会成为海上其他船只永远的"导航灯塔"。

第二类是"灯火朦胧"型。

这类学生的脸，朦朦胧胧、暧暧昧昧，好似街灯在浑浊的暮色里不情不愿地散发出来的那一圈土黄的光晕。他们没有主见、没有创见，人云亦云、邯郸学步。在学习的道路上，他们永远机械刻板地张开着大大的嘴巴，等待教师把准备得妥妥当当的"饲料"一匙一匙地喂给他们吃。最糟的是,他们不反刍、不消化,只一味"囫囵吞枣",吃进去的是草,吐出来的,居然也是"一成不变"的草,即连那草的形状和颜色,也没有一丁点儿的改变。

"灯光朦胧"型的学生,他日成长后,就只能成为别人工具箱里一粒备用的小灯泡。

第三类是"灯火闪烁"型。

这类学生,脸庞时明时暗,就像是闪闪烁烁、明明灭灭的灯泡。他们重感情,轻理智,往往喜欢意气用事,行事优柔寡断。在学习上,他们没有明显喜欢或讨厌的学科,只有明确喜欢或讨厌的老师。碰上顺眼的老师,他们便斗志昂扬;遇到碍眼的老师,他们便彻底放弃,任性地由着自己的情绪来操纵自己的前途。

"灯火闪烁"型的学生,他日成长后,或许会成为一粒不具口碑的"无商标灯泡",滞销;然而,然而呀,一旦碰上伯乐,他们便会摇身一变而成为独树一帜的另类灯泡,在市场上独领风骚。

第四类是"灯火熄灭"型。

这类学生嘛,最复杂、最棘手、最难揣测,也最难应付。一张脸,阴阴霾霾、暗暗沉沉,好似被风雨摧残而坏损的一盏墙头灯。十七岁,却像足了七十岁,双眼睁着,宛如失明;双耳竖着,宛若失聪。上课时,他就好像一堆被暴雨淋得透湿的木柴,教师拼命煽风点火,却无法燃起他半分学习的热忱。他不捣乱,但如入定老僧,左右两耳都贴了"此路不通"的标签;他不做作业,一催再催而交上时,却是敷衍塞责地做得乱七八糟的。

导致灯泡熄灭的原因不胜枚举,也许,家有暴力倾向的亲人或者父母的婚姻面临破裂;也许,他本身碰上了难以承受的打击或者个人的感情世界出了岔子等等,不一而足。

"灯火熄灭"型的学生,是教师的"劲敌"。动手修理嘛,有时不但于事无补，说不定还会触电哪！然而，任由它去，它绝对难以重现亮光。所以，教师一定要抱着"沙滩救海星"的心态，随身携带一个"百宝箱"，随机应变，见机行事。

总的来说，让"灿烂的聚光灯"变得更明亮，让"朦胧的街灯"大绽亮光，让"闪烁的灯泡"亮度稳定，让"熄灭的墙头灯"恢复亮光，是教师永远的挑战。

"教师"有别于"教匠"，正因为他们日日面对挑战而又时时乐于接受挑战。

精神的伊甸园

第四届南大文艺营有个别开生面的主题："乐观、愉悦、激励与写作"。寥寥数字，却精确地道出了写作的影响、目的、内涵、感受、作用。

写作，真的愉悦吗？

我给学生说了一则真实的故事。

有位名字唤作曾焰的女子，三十余年前爱上了一名患了小儿麻痹症的男子，家人激烈反对，他们双双私奔，由昆明到泰国北部偏僻的村落美斯乐去安家落户。生活捉襟见肘，跛脚的丈夫心理不平衡，常常对她拳打脚踢。当时，她任教于中学，白天教书，放工后，还得照顾孩子，料理家务。住在没水没电的屋子里，每天必须到远处去挑水，挑得薄薄的肩膀起了厚厚的茧。晚上写作，点煤油灯，夏天蚊虫飞绕、叮得手脚红红肿肿尽是凹凹凸凸的疙瘩。冬天呢，冷得十指发僵，双目刺痛。最惨的是：没有稿纸，唯一的小店，离家十多公里，不得已，只好利用学生的练习本子来写，为了节省用纸，蝇头小字写得密密麻麻的。有时，孩子夜半啼哭，她便将孩子放在双腿上，一边唧唧哼哼地哄，一边不休不眠地写。写完了二十四万字的长稿，却没有发表的地方，后来，台湾有人到美斯乐游玩，代她把稿子带到台北。字迹潦草，又是写在单线纸上，没有名气，根本没有人要看。幸好尹雪曼教授慧眼识英雄，为她将稿子送到报社去，发表时，轰动了台湾文坛。柏杨在评述她一系列以美斯乐作为背景的作品时，说："曾焰的作品，每篇都使我震动。这是我们从来没有见过的异国情调，欢笑中隐藏着难以倾诉的沉痛，沉痛中又透露出悲凉的喜悦。"

多年后，我和移居台北的曾焰晤面时，谈起这一段经历，她说：

"当时，前途是那么渺茫，生活是那么艰辛，实在痛苦得让人觉得生趣全无。然而，只要我一摊开练习本子，立刻便找到了精神的伊甸园。"

一点儿也没错。写作的客观环境可能很差、很糟；个人的境遇，也许很悲惨、很不堪；可是，只要手中有笔，你便可以进入一个和现实全然不同的世界。在那个世界里，你可以化身成任何一个人，你可以呼风唤雨，你可以为所欲为。如果说世间有令人百玩不厌的游戏，写作便是。那种至乐的感受，恐怕不是区区"愉悦"两个字所能概括的！

精神的故乡

> "老师，就是学生精神上的故乡。"
>
> 愿以这一句掷地有声的话与所有已执教鞭或有志成为"孺子牛"的朋友共勉。

每回在报上读及某某或某某"衣锦还乡"，心里总有无限感动。照片里，村民夹道欢迎，"衣锦还乡"的那个人，灿烂的笑意由心坎深处一直、一直泛滥到眉眼鼻唇处，一张脸，亮得像阳光。

离乡的这个人，在外面经过多年奋苦的挣扎、磨练、跌倒、流血、流泪，之后，苦尽甘来，崭露头角，在政治界、艺术界或其他领域绽放光芒，成了家喻户晓的人物。尽管处处都是喝彩声，可是，他内心深处最渴望得到的，还是乡人的掌声，因为呵，乡情，从广义上来看，实际上就是另一种"血脉"，也是另一种形式的"胎记"，是和我们一生一世紧紧密密地相连着的，也是我们至死也无法摆脱的！

"衣锦还乡"，按照字典的解释是："古时指做官以后，穿了锦绣的衣服，回到故乡向亲友夸耀，也说'衣锦荣归'。"

近读台湾著名作家席慕蓉新著《宁静的巨大》，在《对照集》一文里，她引用了她的老师齐邦媛的话，对"衣锦还乡"这句话作了深一层的解释：

"故乡可以是一片土地，但更应该是那一群人，那些在你年少时爱过你，对你有所期许的人。锦衣，是穿给这些人看的，是你要向他们说，你不曾辜负这些期许。锦衣不是炫耀，而是真诚的展示。还乡，是为了重新面对他们，向他们证明，你已经努力去达成他们为你所设定的目标，实现了他们在你年少时就为你绘出的美梦。"

是的，"衣锦还乡"实际上就是"努力的明证"，是具体的"成绩单"，然而，齐邦媛老师真正震撼我的，是她为"衣锦还乡"一词所赋予的新意。

齐邦媛老师表示：她在几十年前教过的学生，多年后千里寻访而来，为的就是要在老师面前又谦卑又骄傲地展示那一袭锦衣，这其实也是一种还乡，在精神上，老师就是他们青春时期的还乡。这几十年时间所构筑而成的信息上的空白，在此刻，却恰恰是一种富足。

上述这一番话，我一遍又一遍地读着，一回又一回地咀嚼，一次又一次地感动。

啊，老师就是学生精神上的故乡。

一点儿也没错呵！

老师与学生之间，也有着像"胎记"般的关系，"一日为师，终身为父"嘛！

在求学时，如果他是个循规蹈矩的学生，那么，他对某种学科狂热的兴趣，也许就发轫于曾经对他循循善诱的老师；而使他终生努力不竭的推动力，或者就源于老师对他无时或辍的鼓励。在他寒窗苦读的日子里、在他埋头奋斗的年月里，老师，始终是他心里长亮的一盏灯。

在学校里，倘若他曾经是个惹是生非的学生呢，那么，老师醍醐灌顶的话，或许就是使他大彻大悟的当头棒喝；老师锲而不舍的关心，也许就是浪子回头的主要因素。在他痛改前非的艰辛过程里、在他脱胎换骨的奋斗岁月中，老师，始终是他心里的万灵药。他们都在等待"衣锦还乡"的日子早点到来；他们也都在期盼能够"在老师面前又谦卑又骄傲地展示那一袭锦衣"。

那一袭"锦衣",是以"感恩"的丝线织成的。

"老师,就是学生精神上的故乡。"

愿以这一句掷地有声的话与所有已执教鞭或有志成为"孺子牛"的朋友共勉。

尤今小语系列图书推荐

把自己放进汤里
——欢喜的豆花，抑郁的茄子

尤今 著

定价：**32.00**元

　　这是一本关于美食的散文集，全书通过对各种美食的描写，揭示出浓浓的亲情、乡情以及言简意赅的做人道理。欢喜的豆花、抑郁的茄子……只要你细细咀嚼，就会发现：每道食物，都蕴含着深入浅出的人生哲学。

　　在这部作品里，我尝试从食物里观看大千世界，我尝试从炊烟中领悟人生道理。
　　平凡就是幸福，捧着一碗美如白玉的豆花，我便会切实地感觉快乐的浪花从心底翻涌出来。然而，同是豆花，却不是每碗都完美如斯的。
　　实际上，除了豆花之外，人世间的每一种食品都会说话、都在说话，唯它们说的都是无声的语言，有心人才能听得到。

尤今小语系列图书推荐

清风徐来
—— 在门外挂串风铃，叮叮咚咚

尤今 著

定价：32.00元

本书分为四篇：第一篇"石头很快乐"和第二篇"在门外挂串风铃"主要介绍了一些小故事以及尤今从中得出的生活感悟；第三篇"纸盒里的爱"主要探讨了爱情与婚姻的一点启示；第四篇"人生如文学"则是作者从文学创作的角度谈处世的哲理。

把书名定为《清风徐来——在门外挂串风铃，叮叮咚咚》，是希望能与亲爱的读者们分享我的人生哲学。世界上没有久旱不雨的季节，随遇而安，在无雨的燥热里憧憬清风回旋的清凉，一旦清风徐来，就在门外挂串风铃，享受叮叮咚咚的美妙声响。

尤今小语系列图书推荐

走路的云
——用脚步丈量世界，品味生命

尤今 著

定价：32.00元

本书是新加坡著名作家尤今的旅行散文集，主要介绍了作者环游世界的一些见闻和感悟，其中重点介绍了巴基斯坦与伊朗的旅行故事和感悟。以旅行来感受生命，以异域文明来观照中华文明。

当我的心情渐渐沉淀出一片清净明澈时，我便惊讶且欢喜地发现，在无羁的自由里，我慢慢地变成了一朵云。

我以云的心情和姿态来过日子。

看天，天更蓝；看水，水更绿。

我的心，是一望无垠的万里晴空。

而我，做了自己心的主人。

以《走路的云》为书名，正是我近年的心情映照和生活写照。

我就是一朵云，一朵会走路的云。

瀚·心灵系列图书推荐

定 价：35.00元

《美好人生是管理出来的》

一本寻找人生方向及人生定位的实战手册

"管理"不只应用于企业、职场，更可以运用来管理自己的人生。本书告诉你如何活用管理原理，找到自己的人生密码，开创成功的人生。

隆重推荐
- 台湾"清华大学"原代理校长 李家同
- 台北大学原校长 侯崇文
- 台湾统一星巴克总经理 徐光宇
- 台湾逢甲大学校长 张保隆

定 价：35.00元

《影响力是通往世界的窗户》

影响力是人改变世界的一扇窗户

每个人活在世界上最大的生命意义，就是去影响别人，实现自我价值。

透过这扇影响力之窗，你得以进入屋内，找到自我；更可以走出窗外，自由发挥，发挥你的世界的影响力。

隆重推荐
- 台湾"清华大学"原代理校长 李家同
- 美国STARS集团总裁、斯坦福大学教授 余序江
- 台湾统一星巴克总经理 徐光宇
- 台湾固网副董事长 张孝威
- 台北大学校长 薛富井

作者简介

陈泽义，"台湾交通大学"管理学博士，美国加州斯坦福研究院（SRI）博士后研究员。历任台湾"中华经济研究院"研究员、铭传大学管理研究所教授、台湾"东华大学"管理学院代理院长、EMBA执行长。现任台北大学国际企业研究所教授，担任教学与研究职务已有17年。

尤今小语

尤今小语